RÉPONSE

A M. LE Dᵣ Tн. ˸LABBEY

SUR SES

RÉFLEXIONS

CRITIQUES

SUR L'HOMOEOPATHIE

PRÉSENTÉES A LA SOCIÉTÉ ACADÉMIQUE DE BAYEUX,

PAR F. DESCHAMPS

DOCTEUR EN MÉDECINE, MEMBRE DE LA SOCIÉTÉ GALLICANE DE
MÉDECINE HOMOEOPATHIQUE DE PARIS.

SE VEND CHEZ

LETREGUILLY, LIBRAIRIE A SAINT-LO ; MARGERIE, LIBRAIRE
A BAYEUX ; LETREGUILLY, LIBRAIRE A AVRANCHES.

———

1854.

RÉPONSE

A M. LE DOCTEUR TH. LABBEY

SUR SES

RÉFLEXIONS CRITIQUES

SUR L'HOMOEOPATHIE

Présentées à la Société Académique de Bayeux.

RÉPONSE

A M. LE Dr Th. LABBEY

SUR SES

RÉFLEXIONS

CRITIQUES

SUR L'HOMOEOPATHIE

PRÉSENTÉES A LA SOCIÉTÉ ACADÉMIQUE DE BAYEUX,

PAR F. DESCHAMPS

DOCTEUR EN MÉDECINE, MEMBRE DE LA SOCIÉTÉ GALLICANE DE
MÉDECINE HOMOEOPATHIQUE DE PARIS.

SAINT-LO

IMPRIMERIE ET LIBRAIRIE DE LETREGUILLY.

1854.

Etudiez et vous croirez ; essayez
et vous serez convaincu.

Dr LÉON SIMON.

Monsieur,

C'est surtout quand il s'agit d'une science inté-
ressant l'humanité à un aussi haut degré que la
médecine, que la critique ne doit avoir pour but que
la découverte de la vérité et son triomphe, et ne
descendre dans l'arène de la discussion qu'avec des
armes courtoises et loyales. La question en litige
est alors nettement posée par elle dans toutes ses
parties, et toutes sont mises dans un égal relief. Elle
attaque ensuite par le raisonnement et par les faits
ce qui lui semble erronné, mais elle s'abstient de
ces charges grotesques et de ces personnalités in-
jurieuses qui ne prouvent rien, et sont la res-

source et les arguments des mauvaises causes et des esprits superficiels.

Avez-vous, Monsieur, dans vos réflexions critiques sur l'homœopathie, rempli ces devoirs d'un véritable aristarque? Vous ne pouvez le prétendre; car, de la doctrine d'Hannemann, vous n'avez rien dit pour en faire connaître les principes et le génie, et mettre vos lecteurs en position de pouvoir l'apprécier convenablement. Cette conduite était habile, sans doute, dans l'intérêt de votre thèse; mais, permettez-moi de vous le dire, elle manque complètement de franchise, et prouve que la passion chez vous l'emporte sur l'amour de la vérité.

Je suppléerai donc à l'omission que vous avez commise, en faisant précéder ma réponse d'une exposition succincte de la doctrine homœopathique, et je dirai en même temps quels furent les motifs qui me la firent adopter. Si je parle de moi, ce n'est pas, croyez-le bien, pour le vain plaisir de me mettre en scène; mais pour me défendre, et mes amis, contre l'accusation de charlatanisme et de niaiserie que vous portez contre nous. Le public éclairé sera ainsi mis en état de décider quels sont les niais et les charlatans de ceux qui font leur symbole scientifique de systèmes faux et absurdes, de ceux qui, n'y croyant pas, les exploitent cependant à leur profit, ou de ceux qui ont eu la conscience de les répudier, et le courage de de-

mander à des études nouvelles, longues et diffi-
ciles, le secret de la guérison des maladies et du
progrès médical; sachant bien, d'ailleurs, qu'en
entrant dans cette voie de dévouement, ils soulè-
veraient contre eux les hostilités passionnées de la
science éphémère et des préjugés vulgaires.

Si, comme je le désire, Monsieur, votre attaque
a plutôt pris sa source dans un examen superficiel
et irréfléchi de la doctrine d'Hahnemann que dans
un sentiment mauvais, vous reviendrez, je l'espère, à de plus louables pensées après m'avoir lu,
et vous honorerez, comme ils doivent l'être pour
leur savoir et leur honorabilité de caractère, l'illustre Hahnemann, le comte S. Desguidi, d. m. et
inspecteur de l'académie de Lyon, Risuéno
d'Amador, professeur à l'école de Montpellier;
Chargé, d. m. à Marseille, que l'Empereur a créé
récemment officier de la Légion-d'Honneur; le
comte H. de Bonneval, d. m. à Bordeaux; Tessier,
médecin à l'Hôtel-Dieu de Paris; Pétroz, l'une
des anciennes illustrations médicales de cette
ville; Léon Simon, dont les ouvrages, aussi sa-
vamment conçus qu'écris avec élégance, n'ont
jamais rencontré d'adversaires sérieux parmi les
vôtres, et mille autres partisans dévoués de l'homœopathie, placés à une telle hauteur de mérite,
que le sarcasme ne peut les atteindre. Car, si les
piqûres des moucherons fatiguent et incommodent,
cependant ils ne blessent jamais en réalité.

1837 avait à peine vu commencer ma vingt-
deuxième année de pratique médicale que, déjà,
j'étais tombé dans le scepticisme thérapeutique,
cette triste et navrante désillusion des espérances
conçues au sortir de l'école qui ne manque jamais
de saisir et de flétrir l'esprit et le cœur de tout médecin observateur, quand il a suivi longtemps les
voies de l'étude et de l'expérience. Et, croyez-le
bien, si je me sers du mot scepticisme pour exprimer l'opinion que j'avais alors sur le pouvoir de la
science au point de vue de la guérison, c'est que,
dans cette profession de foi, je veux rester dans les
limites de la réserve et de la modération ; car,
pour être parfaitement vrai, ce n'est pas du doute
que j'aurais dû dire que j'éprouvais, mais une
conviction profonde de l'inefficacité, presque toujours, et du mauvais effet, fort souvent, des médi-
cations en usage dans le traitement de la plupart des maladies. Hélas ! la carrière médicale est
tellement semée d'insuccès, et la cause des résultats heureux est si mystérieuse, dans le plus grand
nombre des cas, qu'il est impossible, je le répète,
à tout vieux praticien, doué de quelque savoir et
d'intelligence, de garder confiance dans les res-
sources de son art et, même, de ne pas tomber
dans une incrédulité absolue sur leur valeur. Nous
serons, je l'espère, facilement, quoique implicitement, d'accord sur ce point ; car il n'est pas douteux que votre pensée renferme un aveu semblable,

qu'elle tient encore enchaîné, mais que nécessairement, tôt ou tard, elle sera forcée d'exprimer.

Vous ne devez pas l'ignorer, Monsieur, la philosophie a toujours répandu sur la médecine le reflet de ses opinions ; et vous savez qu'à l'époque dont je viens de parler, le matérialisme philosophique régnant souverainement depuis le milieu du XVIIIe siècle, la science médicale marchait courbée sous ce joug déplorable. Nous croyons avec Cabanis que le cerveau travaille, élabore les sensations qui lui viennent du dehors pour les transformer en pensée, de la même manière que l'estomac et les intestins métamorphosent les aliments en chyle réparateur de nos organes. La sensibilité et le mouvement, ces attributs de la vie, étaient des propriétés de la matière organisée. Notre faculté de sentir, de penser, de raisonner, de vouloir et d'agir prenait sa source dans le jeu de nos nerfs et de notre cerveau, et nous répétions avec Lock, *nihil est in intellectu quod non fuerit prius in sensu*, oubliant que Lebnitz lui avait victorieusement répondu par cette seule phrase : *nisi intellectus ipse.*

Je n'attaquerai pas ce faux et malheureux système au point de vue de la morale et de la philosophie ; mais je dirai combien il est absurde et combien il comporte de dangers dans son application à la pathologie et à la thérapeutique, c'està-dire à la théorie des maladies et à leur traitement.

Si vraiment chez l'homme l'organisation matérielle avait précédé la vie et que celle-ci fût le
produit de celle-là, oh ! il faudrait bien agir sur
cette organisation de la matière, sur cette ma-
chine humaine, lorsqu'étant dérangée par ce qu'on
appelle maladie, elle cesserait de fonctionner
comme il faut; de même que, lorsqu'une horloge
ou tout autre mécanisme à rouage et à ressort s'arrête ou va mal, on est forcé, pour lui rendre le
mouvement et la régularité, d'employer la lime,
le polissoir et l'huile ; et alors, Monsieur, tous ces
moyens matériels et en quelque sorte mécaniques
dont vous faites usage, lancettes, sangsues, emplâtres, sétons, vésicatoires, purgatifs et seringue
auraient parfaitement leur raison d'être. Mais il
n'en est pas ainsi, et votre médication, conséquence malheureuse d'un système de physiologie
et de pathologie aussi faux que la philosophie matérialiste sur laquelle il s'appuie, est incapable de
soutenir l'examen d'une raison éclairée.

Après mes vingt-deux ans de pratique médicale,
à laquelle une clientèle assez nombreuse n'avait
jamais fait défaut, j'en étais donc arrivé à ce point
de n'avoir plus confiance dans les moyens de traitement précités, et que vous et vos confrères en
allopathie appelez *héroïques,* lorsque je lus dans la
Gazette Médicale de Paris l'article suivant : « un
autre avantage non moins précieux du système
homœopathique, c'est qu'il est absurde. On ne

saurait croire quelle force invincible il y a dans
l'absurde ; on ne pourra jamais trop louer, pré-
coniser et bénir l'absurde. Il est le grand pivot de
la croyance humaine, la base universelle de toutes
les théories nées et à naître. Géologues, physiolo-
gistes, métaphysiciens, théologiens, et politiques
n'ont qu'à s'incliner devant l'absurde, car il est
leur maître suprême à tous. Quant aux médecins,
ils devraient, comme faisait la pieuse antiquité
pour les dieux Lares, lui élever un petit autel dans
un coin du foyer domestique. La médecine est son
empire privilégié ; il y règne, il y trône souverainement. Par qui ont été exhaussés, couronnés et
sacrés successivement le méthodisme, l'humo-
risme, l'iatro-mécanisme, le vitalisme, le chi-
misme ancien et nouveau, le Brownisme, le
Broussaisisme ? par l'absurde. Quel est le fournis-
seur inépuisable de nos pharmacies, le rédacteur
de nos formulaires, de nos Codex ? quel fut l'auteur
de la fameuse bibliothèque de Gallien et de la bibliothèque de l'école de médecine de Paris ? l'absurde. Quel est le génie protecteur qui soutient
debout l'édifice nuageux de la médecine, que
battent en vain depuis des siècles les flots orgueil-
leux, mais impuissants de la raison ? Je vous l'ai
déjà dit, c'est l'absurde, etc. *V. Gaz. Méd. de Paris*,
22 *juin* 1833. » Parbleu ! m'écriai-je, si, comme
la pensée m'en est venue souvent, le jugement à
porter sur tous les systèmes de médecine se ré-

sume, en définitive, par le mot *absurdité*, je ne perdrai rien pour en faire le sacrifice. Adieu donc, vous dis-je humoristes, solidistes, organiciens, méthodistes et vous-mêmes rationalistes, discoureurs sans logique ni raison! Je vous quitte sans regret, et je vais demander le secret du mal et de la guérison à l'homœopathie, qui, du moins, m'offre l'attrait puissant de la nouveauté et de l'inconnu.

Franchement parlant, Monsieur, est-ce que vous n'auriez pas fait comme moi, si, dans une position d'esprit semblable à la mienne, vous aviez lu l'article de la gazette de Paris? Non, me direz-vous peut-être: je me serais fait éclectique, et c'est là, le parti que j'ai pris moi-même. Mais, répondrai-je, l'éclectisme étant le reflet de tous les systèmes que j'ai nommés, une sorte de *magma* composé du détritus de chacun d'eux, les surpasse nécessairement en absurdités, puisqu'il possède à lui seul toutes celles qui leur sont propres. Je n'aurais donc pas suivi votre conseil, et je vous plains sincèrement, mais beaucoup plus encore vos malades, si, comme vous en avez l'air, c'est à cette monstruosité scientifique *polygène* que vous demandez les règles de leur traitement.

J'étudiai donc l'organon d'Hannemann, non pas légèrement, superficiellement, comme votre brochure me prouve que vous l'avez fait, mais avec toute la contention d'esprit qu'il exige et

dont il est parfaitement digne ; et je compris, d'a-
près les idées de l'auteur. que l'homme est un
composé biotique comprenant : 1° une force vitale,
ou principe de vie primordiale, logée dans un
corps organisé qu'elle a créé au moyen d'éléments
terrestres qu'elle s'est approprié. Cette organisation est un assemblage complexe d'organes différents que la force vitale parcourt sans cesse,
qu'elle unit entre eux par son lien harmonique et
consensuel, et auxquels elle donne la sensibilité
et le mouvement. Cette vie corporelle me paraît
être la même que celle commune aux diverses
créations du règne animal, et appartenir à la vie
cosmogonique, ainsi que je l'ai établi dans un ou-
vrage publié il y a deux ans.

2° D'un autre principe de nature spirituelle,
source de notre intelligence, de notre libre arbitre,
de notre moralité, des divines facultés, en un mot,
qui distinguent l'homme de la brute et composent
le noble domaine de l'être abstrait qu'on appelle
son âme.

De ces deux forces, la première préside donc
aux fonctions du corps : elle est la vie animale,
végétative, sensitive. La seconde, aux fonctions de
l'âme et s'appelle la vie morale et intellectuelle.
Quoique intimement unies entre elles, irradiant et
convergeant sans cesse de l'une à l'autre et s'in-
fluençant mutuellement, on ne peut pas dire cependant qu'elles sont une seule et même force,

puisqu'elles peuvent être lésées isolément et indi-
viduellement. N'avons-pas, en effet, des exemples
chaque jour de troubles, de maladies de l'intelligence, coïncidant avec un état parfaitement sain
de la vie organique, et réciproquement.

Mais, objecterez-vous, car ces principes sont
tout-à-fait opposés au matérialisme de votre
école, pourquoi ces deux forces dans la même in-
dividualité? C'est évidemment, que l'âme humaine,
substance spirituelle, avait besoin d'un corps organisé vivant pour la manifestation de ses facultés
et pour se mettre en rapport de contact avec le
monde physique. Aussi M. de Bonald a-t-il dit
avec la haute raison qui le distingue : *l'homme est
une intelligence servie par des organes.*

Hahnemann m'apprit donc à connaître que le
principe de vie est cette force primordiale qui en-
gendre et dirige les actes de la vie ; c'est à dire
qu'il crée et anime les organes, leur donne la sensibilité et le mouvement, et qu'il est le moteur des
fonctions qu'ils exécutent pour la conservation
de l'individu. Le corps, lorsqu'il en est séparé,
tombant sous l'empire des lois physiques, se dé-
compose et s'anéantit. Et, ces vérités il me les fit
connaître en s'exprimant ainsi : « Dans l'état de
santé, la force vitale, qui anime dynamiquement
la partie matérielle du corps, exerce un pouvoir
illimité. Elle entretient toutes les parties de l'organisation dans une admirable harmonie vitale,

sous le rapport du sentiment et de l'activité, de manière que *l'esprit de raison qui réside en nous peut librement employer ces instruments vivants et sains pour atteindre au but élevé de notre existence.* » Organon.

« L'organisation matérielle, supposée sans force vitale, ne peut ni sentir, ni agir, ni rien faire pour sa propre conservation. C'est à l'être immatériel seul qui l'anime dans l'état de santé et de maladie, qu'elle doit le sentiment et l'accomplissement de ses fonctions vitales. » *Organon.*

En effet, Monsieur, la matière étant insensible et inerte par elle-même, le pouvoir de sentir et d'agir ne lui appartient pas en propre dans l'organisation humaine ; mais elle le reçoit de la force vitale qui l'anime. Pour que notre système nerveux spino-cérébral reçoive et perçoive les sensations qui lui viennent des objets qui sont mis en rapport avec nous, et que notre âme, analysant ces sensations, porte sur elles un jugement et conserve l'impression et le souvenir de ces objets, n'est-il pas nécessaire, avant tout, que le double principe de vie organique et de vie intellectuelle soit en nous, pour donner l'action et le sentiment à cette matière organisée qu'on appelle nerfs et cerveau ? Quand la vie s'est éteinte, le corps n'a-t-il pas perdu toute aptitude à remplir ses fonctions vitales, quoique cependant, il soit encore à l'état d'organisation ? l'âme le quitte alors, car

elle est privée de cette vie des organes, instrument de ses manifestations et de ses relations.

Pour vous convaincre que c'est la force vitale
qui, primitivement, organise la matière et lui
donne l'animaton, soumettez un œuf à l'incuba-
tion : qu'arrivera-t-il, s'il n'est pas fécondé ? il se
décomposera en putrilage et en gaz fétides. Mais,
s'il a reçu le germe de vie, ce principe élaborera
les matériaux que la coque de l'œuf renferme, et il
en formera l'organisation d'un poulet. Il est donc
bien évident que c'est la vie, principe primordial,
qui, en s'unissant à la matière, la transforme en
corps organisé, et lui donne le pouvoir de résister à l'action des causes chimiques, qui tendent
sans cesse à la disgrégation de ses molécules.

Mais, alors, me direz-vous peut-être, qu'est-ce
que c'est donc que la force vitale ? à quelle source
la prenons-nous ? A cela, je vous repondrai avec
l'illustre Hahnemann : « la vie se manifeste, mais
elle ne se touche ni ne se voit, ni ne se flaire, ni ne
se goûte. C'est la condition de toutes les forces :
l'attraction, l'affinité sont dans le même cas. Quand
donc voudra-t-on croire que rien ne se produit
au dehors sans une cause qui le produise ; et cette
cause est mieux qu'un mot, c'est un fait ? quand
donc sentira-t-on que la réalité n'a pas pour limites les bornes étroites du visible et du tangible ? »

La vie nous vient du créateur qui l'a donnée,
comme principe, à ces myriades d'organisations

qui s'élèvent dans l'échelle des êtres, par degrés inappréciables et sans lacunes, depuis l'animalcule infusoire jusqu'à l'homme ici bas placé au sommet de cette échelle; et qui, depuis l'homme, se continuent par de nouvelles séries d'autres créatures, d'une nature supérieure graduellement ascendante, habitantes sans doute des globes plus favorablement organisés que le notre et qui circulent dans l'immensité des cieux, jusqu'à Dieu, point central de toute irradiation et de toute convergence vitales.

Appliquant ces principes à la pathologie, c'est-à-dire à la théorie des maladies, Hahnemann a dit: « Quand l'homme tombe malade, cette force active par elle-même (la force vitale), et partout présente dans le corps, est au premier abord la seule qui ressente l'influence dynamique de l'agent hostile à la vie. Elle seule, après avoir été désaccordée par cette perception, peut procurer à l'organisme les sensations désagréables qu'il éprouve, et le pousser aux actes insolites que nous appelons maladies. Etant invisible par elle-même, et reconnaissable seulement par les effets qu'elle produit dans le corps, cette force n'exprime et ne peut exprimer son désaccord que par une manifestation anormale dans la manière de sentir et d'agir de la portion de l'organisme accessible aux sens de l'observateur et du médecin, par des symptômes de maladie. »

2

Ainsi, tout marche parfaitement d'accord dans
cette admirable doctrine ; et, tout au contraire de
l'un ou de l'autre de ces systèmes incohérents que
vous suivez de préférence , j'ignore lequel , car
vous avez eu la sage précaution de vous en taire,
prémisses et corrollaire sont la conséquence les
uns des autres, et se prêtent un mutuel et solide
appui. Si, en effet, il est reconnu que l'organisme,
en tant que matière, soit insensible et inerte, mais
qu'il récèle un principe vital qui lui imprime la
sensibilité et le mouvement, il est bien évident que,
dans les maladies, qui sont des lésions de sensibilité et de mouvement, ce ne peut être que le principe qui possède ces deux propriétés qui ait été
lésé par la cause du mal. L'homme jouissant de la
plénitude de la santé sera, par exemple, facilement contagionné par un miasme morbifique quelconque et rendu malade ; mais, sur le cadavre de
cet homme, la peste et les autres virus les plus
délétères n'auront aucune prise.

Hahnemann continue en ces termes l'exposition
de sa doctrine : « Notre force vitale étant une
force dynamique, l'influence nuisible des agents
hostiles qui viennent du dehors troubler l'harmonie du jeu de la vie, ne saurait donc l'affecter que
d'une manière purement dynamique. Le médecin ne
peut nonplus remédier à ces désaccords(*les maladies*)
qu'en faisant agir sur elle des substances douées
de forces modificatives également dynamiques ou

virtuelles, dont elle perçoit l'impression à l'aide de la sensibilité nerveuse présente partout. Ainsi, les médicaments ne peuvent rétablir et ne rétablissent réellement la santé et l'harmonie de la vie qu'en agissant dynamiquement sur elle. *Organon, p.* 119. »

Or, vous dirai-je, Monsieur : puisque la vie est le résultat d'une force dynamique donnant la sensibilité et le mouvement à la matière organisée, et la maladie un désaccord de cette force par l'effet d'un agent morbifique, aussi de nature dynamique agissant sur cette force vitale par voie d'antipathie, la maladie, cet autre fait dynamique, ne peut être guérie que par l'intervention d'une puissance dynamique ou virtuelle quelconque ; et, par *conséquent, la médecine n'a besoin pour guérir que de la partie active, virtuelle, dynamique, c'est tout un, des substances médicamenteuses ; et nullement de leurs molécules matérielles.*

Le savant Haller a dit, vous ne l'ignorez pas sans doute : « Ces plantes dont nous connaissons depuis longtemps les formes extérieures, récèlent une immense variété de puissances virtuelles, qui est comme leur âme, et dont nous n'avons pas encore appris à connaître ce qu'elles ont de céleste. » Or, c'est cette virtualité des plantes, *divinum quid*, dont Hahnemann nous a donné la connaissance, en nous apprenant aussi à l'isoler, par le mode de préparation usité en homœopathie, des parties ligneuses

qui lui servent d'enveloppe, et à lui donner ainsi
toute sa liberté et son énergie d'action. Et, voilà
comment, à une pathologie dynamique, nous pouvons appliquer une thérapeutique dynamique.

Tels sont, Monsieur, les principes sur lesquels
l'illustre Hahnemann a basé sa doctrine ; principes
se coordonnant parfaitement bien entre eux au
point de vue de la physiologie, de la pathologie et
de la thérapeutique, et reposant sur le dynamisme
vital, morbide et médicamenteux. Etudiez et ap-
prenez à connaître le mode d'action des médicaments ; faites en l'application clinique, conformément à la loi de similitude, et, si à l'amour de
la verité vous unissez un esprit droit et observateur plus que votre critique ne m'autorise à le
croire, vous ne tarderez pas à prendre rang parmi
les partisans zélés de l'homœopathie. A ces con-
ditions votre conversion n'est pas douteuse.

Quoique cette doctrine me parût séduisante, et,
je dirai même, satisfît entièrement ma raison, je
ne voulus cependant pas m'en faire le disciple et
l'apôtre, avant de l'avoir soumise au creuset de
l'expérience. J'étudiai donc la pathogénie des médicaments expérimentés sur l'homme en santé par
Hahnemann et ses disciples. Mais, vous l'avouerai-
je, ce travail ardu et des plus fastidieux fut vingt
fois abandonné par fatigue ; puis repris avec une
ardeur nouvelle par amour de la vérité et du véritable progrès médical. Oh ! que vous êtes heureux,

Monsieur, de n'avoir jamais eu l'envie d'entre-
prendre pareille tâche, et de vous trouver satisfait,
pour le traitement de toutes les maladies si nombreuses, si variées et si compliquées, de l'usage
de la lancette et du clysopompe, ayant pour adju-
vant cinq ou six formules héroïques, dont à la vérité vous ignorez le mode d'action, mais qui n'en
font pas moins des merveilles dans vos habiles
mains, puisqu'on lit, je ne sais où, à propos de ce
mode de traitement :

> De la perfection, ah ! vraiment il approche !
> Car jamais un défunt ne lui fit de reproche.

Enfin l'heure sonna pour moi d'en appeler de la
théorie à l'expérience clinique. Le sieur Fontaine,
propriétaire à Saint-Amand, me présenta l'appa-
reil suivant de symptômes d'une assez grande gravité : fièvre des plus ardentes ; peau brûlante, couverte de sueur et d'une éruption de miliaire pourprée, pleuropneumonie du côté gauche et crache-
ment abondant de sang pur ; soif inextinguible et
grande agitation.

N'osant pas saigner ce malade, à cause de sa
miliaire, et réduit, pour me conformer aux en-
seignements de la médecine allopathique et de
mon expérience, à ne prescrire que des boissons
aqueuses et l'application d'un cataplasme émol-
lient sur le côté, je me souvins d'avoir lu dans le
premier volume de la matière médicale pure

d'Hahnemann que l'*aconit napel* est le remède spécifique de la *fièvre inflammatoire* et de la *miliaire pourprée*. Je fis en conséquence boire au malade toutes les deux heures une cuillerée d'un *rien* de ce médicament, et le lendemain je le trouvai calme, presque sans fièvre, sans douleur pleurétique, ni hémoptisie. Six jours après la convalescence était franchement déclarée.

Je sais parfaitement, Monsieur, ce que vous allez objecter au sujet de cette observation, et je vais vous le dire : J'ai fait de la médecine expectante, et, l'imagination du malade heureusement impressionnée aidant, la nature a fait tous les frais de la guérison. Eh bien ! soit, répondrai-je; mais si la médecine d'expectation et d'imagination est si efficace, pour Dieu ! aimez donc assez vos malades pour leur en accorder le bénéfice.

Maintenant passons à l'examen de votre brochure ; mais la discussion ne sera pas chose facile; car votre pensée est si vagabonde, si sautillante d'une idée à une autre, qu'elle en devient presque insaisissable. Je l'arrête cependant à la page 16, où vous dites : « *Voilà donc* (d'après Hahnemann) *les phénomènes organiques placés en dehors des viscères qui les produisent !* » Aucun passage des ouvrages d'Hahnemann ne contient ce que vous nous racontez là. Il dit au contraire que la vie réside dans ces viscères qu'elle a créés pour lui servir d'instruments dans l'exercice de ses fonctions;

d'où il résulte que ces phénomènes organiques, ayant pour moteur la force vitale, se passent dans les organes qui les manifestent, et non pas en dehors.

« *Mais,* ajoutez-vous dans le paragraphe suivant, *la force ne doit-elle pas toujours s'entendre, dans les sciences physiques, de la somme de mouvement ou d'action dont un corps se montre capable ?* »

Non, Monsieur, cela ne peut pas s'entendre ainsi : la force, même dans les sciences physiques est ce qui produit le mouvement et l'action ; et *la somme* du mouvement et de l'action est la mesure de l'énergie et de la puissance de cette force. Dans la navigation à vapeur, par exemple, la force est l'extrême expansion, par la chaleur, des molécules constituantes de l'eau, et non pas le nombre de nœuds que file par heure le navire.

Dans la page 17 vous faites de vains efforts pour réhabiliter la doctrine des propriétés vitales, et vous voulez que la sensibilité et la contractilité fibrillaires soient les propriétés intrinsèques, essentielles de la fibre matérielle. Mais je vous ai prouvé, dans l'exposition des principes d'Hahnemann, qu'il n'en est pas ainsi; attendu qu'au moment de la conception, le père et la mère ne communiquent au nouvel être que la force vitale qui, plus tard, créera la fibre qui doit entrer dans la contexture des organes de l'individu, et la fera participer à ses propriétés de sensibilité et de con-

tractilité. Hélas ! Monsieur, il est vraiment déplorable que, malgré le mouvement ascensionnel de
la science médicale, vous soyez resté à ce terre-
à-terre de la physiologie matérialiste que le génie
de Cabanis, celui de Bichat et de Broussais n'ont
pu faire fructifier.

« Les propriétés vitales, dites-vous, page 18, ne
peuvent s'exalter dans les *tissus*, sans que *ceux-ci*
n'aient été soumis à l'action d'un corps irritant
quelconque, et il n'y a point de réaction vitale sans
un mouvement organique. On conçoit fort bien
que nos excitants naturels puissent altérer *primitivement les viscères* qui ressentent leur influence ;
on comprend aisément que les chants et les cris
puissent produire une excitation nuisible *sur les
poumons*, et déranger *ensuite* leurs fonctions ; on
se persuade sans effort que les passions violentes
et les contentions de l'esprit puissent *léser le cerveau*, et causer des désordres plus ou moins fu-
nestes dans l'exercice de la pensée et de la sensibilité ; mais on ne peut concevoir que ces modifi-
cations de l'organisme aient porté leur influence
première sur la respiration, la sensibilité ou la
pensée : *ils ne pouvaient attaquer que les viscères qui
en sont l'instrument.* »

Vous exprimez là, Monsieur, tout le contraire
de ce qu'il faudrait dire ; car ce qui ne serait pas
compréhensible, ce serait que les causes que vous
avez énumérées pussent irriter la matière des poumons, du cerveau, et des autres viscères, si la vie

ne les animait pas. Or, s'ils sont sensibles, c'est évidemment parce que la vie est en eux. D'où il résulte que c'est elle qui reçoit l'impression de la cause excitante et qui, en résultance de cette excitation, réagit sur les tissus fibrillaires de ces organes. Comment pouvez-vous croire que la passion, soit colère, joie ou chagrin, amour ou haine, puisse agir sur la pulpe cérébrale ou les ganglions du nerf sympathique en tant que tissus composés de matière inerte par elle-même, abstraction faite de la force vitale et de son intervention ?

J'admire vraiment la versatilité de vos opinions ! eh ! quoi ! vous offrez, page 14, Broussais et son système en holocauste, et vous venez ensuite nous les prôner ! Il est vrai que ce chef illustre d'une école tombée, mieux conseillé par l'observation et la réflexion, était revenu à des idées plus vraies, et c'est peut-être pour cela que vous lui en voulez, car il a dit, dans le t. IV, p. 642 de son *Examen des Doctrines médicales :* « on est malade avant que les tissus soient altérés. La *maladie spontanée est toujours vitale dans son commencement*, et, par conséquent, pour faire une pathologie interne fructueuse, il faut s'exercer à apprécier la valeur des groupes de symptômes dès qu'ils se présentent, afin de pouvoir agir *avant que la structure des organes soit altérée*, puisque la cure à cette époque est plus difficile que dans la précédente. »

Mais, si cette autorité ne vous suffit pas, en vou-
lez-vous une autre? la voici : Monsieur Dubois,
d'Amiens, s'exprime ainsi dans son traité de pathologie générale, t. Ier, p. 168 : « *les maladies à
leur début sont toutes vitales. Les maladies ne s'a-
dressent pas, en général, au tissu même des organes,
mais bien à leur mode de vitalité ;* les vicissitudes
atmosphériques, les émotions morales, etc., *ne
peuvent agir de prime-abord sur la substace de l'éco-
nomie.* » Voilà donc le vitalisme pathologique
reconnu par deux hommes dont le nom sonne
haut, à juste titre, dans les fastes de l'Allopathie ;
et, en présence des opinions opposées que vous
proclamez dans votre brochure, je suis, à regret,
forcé de constater que vous êtes resté en arrière
des progrès de votre propre école.

Toute votre argumentation, dans les pages sui-
vantes, reposant sur la théorie du matérialisme
physiologique et pathologique que vous vous effor-
cez en vain et si malheureusement d'arracher à
la tombe dans laquelle il s'enfonce chaque jour
davantage, je n'ajouterai rien pour sa réfutation,
ce que j'ai dit me paraissant suffisant. Mais je ne
laisserai pas sans réponse cette étrange proposi-
tion exprimée à la page 24 de votre brochure :
« *Il ne faut point s'arrêter, pour traiter une maladie,
à la contemplation irréfléchie des symptômes, mais
bien s'élever jusqu'à la nature et au siége de l'altération organique qui lui donne naissance. Ainsi doit être*

renversé pour toujours le bizarre échaffaudage des an-
tidotes. » Eh ! quoi ! lorsqu'un individu bien por-
tant, après une nuit passée dans le voisinage d'un
marais, aura été saisi par un frisson grelottant
suivi d'une forte chaleur fébrile et de sueur abon-
dante, après laquelle le calme sera revenu dans
l'organisme d'une manière plus ou moins complette ; lorsque cet accès, accompagné de soif,
d'agitation, de délire et d'une foule d'autres phénomènes morbides, se sera reproduit périodique-
ment une ou deux fois, est-ce que sur la considé-
ration de ces *symptômes*, qui sont ces symptômes
de trouble vital dont vous ont parlé Broussais et
M. Dubois, d'Amiens, vous ne vous empresserez
pas d'administrer le quinquina ? attendrez-vous
pour cette administration que la répétition des
accès, longtemps continuée, ait produit un engor-
gement et une induration de la rate, *cette lésion
organique* dont vous réclamez la manifestation pour
établir *sur elle* l'indication de votre traitement ?
Non, je ne peux croire que vous agirez ainsi ; mais
j'aime à penser que vous donnerez le remède que
j'ai nommé et qui est *l'antidote*, ou le spécifique
du miasme des marais, principe générateur de la
fièvre intermittente. Vous voyez donc bien, Monsieur, qu'en ce cas, et contrairement à votre énon-
ciation, vous pratiquerez la médecine des symptômes et des antidotes, peut-être, à la vérité, de
la même manière que M. Jourdain faisait de la

prose , mais toujours est-il que vous la ferez.

Je pourrais facilement vous prouver, par l'examen analytique d'une foule d'autres maladies, que, toujours au début, elles consistent dans une perturbation vitale, et que les lésions de tissus qu'on observe après un temps plus ou moins long de durée, ne sont que leurs effets secondaires. Il doit nécessairement en être ainsi, puisque la vie a précédé l'organisation matérielle ; qu'elle la tient sous sa loi, qu'elle seule est douée de sensibilité et de mouvement, tandis que la matière organisée, en l'absence du principe vital, ne jouit pas de ces propriétés.

Mais, je le répète, Monsieur, il est fort difficile de vous suivre dans vos périgrinations vagabondes parmi des systèmes de médecine que vous adoptez et répudiez tour-à-tour. Je dirai, toutefois, que l'opinion qui paraît dominante chez vous est celle qui fait dépendre toute maladie d'une lésion quelconque d'un tissu organique, et, à ce titre, vous êtes *sosidiste, organicien.* Mais Broussais est le chef moderne de cette école. N'a-t-il pas écrit, en effet, et donné pour base fondamentale à sa doctrine l'aphorisme suivant : *toute lésion est primitivement locale, et les symptômes plus ou moins généraux qu'on a pris pour les caractères de ces affections morbides, ne sont que les effets sympathiques de cette lésion locale.* Pourquoi donc alors, page 14, *appelez-vous fantastiques ses théories et dites-vous que l'humanité les*

a payées fort cher? Est-ce que vous auriez par
hasard la prétention de persuader qu'en passant
par vos mains, elles sont devenues excellentes et
raisonnables, de mauvaises et imaginaires qu'elles
étaient ; et qu'elles sont à présent, grâce à vous,
une ancre de salut pour l'humanité ?

Du reste, l'idée fondamentale de ce malheureux
système n'est pas nouvelle. Elle est née de *l'épine*
de Van-Helmont. Baglivi, Screta et Rega locali-
sèrent aussi les maladies ; mais l'inventeur fut
Thémison, encore moins chanceux dans sa pratique que le bon docteur Sangrado, si l'on en croit
ce vers de Juvénal :

Quot Thémison ægros autumno occiderit uno.

Ainsi, vous voyez que, de ce que vous nous
servez là, nous en avons à satiété ; et que s'il n'est
pas, comme certain jeu fameux, renouvellé des
Grecs, il l'est au moins des Romains. Veuillez
donc, de grâce, comme on disait à certain député
marchand de vin, *nous en tirer d'un autre.*

Si, de l'autre monde, Hahnemann prend intérêt
à ce qui se passe parmi nous, il ne doit pas être
satisfait de l'interprétation que vous donnez à sa
pensée et à ses écrits, car vous lui faites dire
niaisement, page 30 de votre brochure, « que les
maladies sont les *opérations* de la force vitale, » et
vous faites cette réflexion, entre parenthèse : « ce
qui est assez bizarre, puisque l'automatique éner-

gie vitale semble jouer à la fois deux rôles essentiellement contraires, celui de l'attaque et celui de
la défense. » Il serait bizarre, en effet, qu'un
homme de science et de génie comme le créateur
de l'homœopathie eût dit : *que la force vitale se
rend malade*, sans doute, pour se procurer ensuite
le délassement et la satisfaction de travailler à se
guérir. Mais, loin de s'être rendu coupable d'une
pareille ineptie de langage et de pensée, il a dit
que la force vitale recevait l'impression hostile de
la cause génératrice du mal, et que les symptômes qui se manifestaient à la suite et en conséquence de cette impression, soit douleur, fièvre,
nausées et vomissements, diarrhées, troubles
nerveux, etc., étaient l'expression de son désaccord et de ses efforts de réaction contre l'agent
morbifique ; ce qui est bien différent de ce que
vous lui prêtez.

Dans les affections légères, ou d'une médiocre
intensité, cette lutte de la force vitale est, généralement parlant, suffisante pour rétablir la santé ;
et c'est là le cas, à défaut de moyens de guérison
plus promptement efficaces, de la laisser librement agir, en faisant de la médecine expectante.
Mais il arrive souvent que l'agent morbifique est
doué d'une telle puissance délétère, qu'il énerve le
principe de vie et paralyse sa réaction. C'est
alors, dit Hahneman avec une parfaite raison,
que le malade doit nécessairement succomber,

si le médecin ne lui vient en aide. Dans le choléra cyanique, par exemple, dont je viens de traiter avec succès cinq cas au moyen de ce que vous nommez des RIENS, la frigidité cadavérique, la suppression du pouls, celle des urines et des autres sécrétions, l'atonie de la peau, celle du cœur et des vaisseaux capillaires qui produisent la stagnation du sang, s'opposent à son oxigénation et donnent lieu à la couleur ardoisée des tissus, etc., sont autant de signes de l'anéantissement presque accompli de la force vitale, dû à l'empoisonnement par le miasme générateur de la maladie qu'on appelle choléra asiatique ; et les malades périraient pour la plupart, comme il arrive à ceux traités allopathiquement, si l'on ne possédait des médicaments aptes à neutraliser l'effet du miasme cholérigène.

Mais, pour en revenir à ce vieux système, votre passion malheureuse, qui fait dépendre toute maladie d'une lésion matérielle primitive, dites-moi donc, Monsieur l'organicien, qu'elle est l'altération de tissu qui a pu se former tout-à-coup et donner naissance aux symptômes cholériques dont je viens de relater une partie.

Il est vrai qu'Hahnemann voulait supprimer les noms donnés aux maladies, par la raison que ces noms sont faux, ridicules et ne peuvent qu'induire en erreur dans l'immense majorité des cas. C'était aussi l'opinion d'Huxham, l'un des pre-

miers et des plus célèbres médecins observateurs
du dernier siècle, car il a dit : « ce qui a été le
plus nuisible à l'art médical, c'est d'avoir imposé
aux maladies certaines dénominations générales,
et d'avoir basé le traitement sur elles. *Nihil sane
in artem medicam pestiferum magis, irrepsit malum
quam generaliä quædam nomina morbis imponere,
iisque aptare vellr generalem medicinam.* **M.** le professeur Chomel, l'un des princes actuels de la
science allopathique, pense absolument de même,
et voici comment il s'exprime à ce sujet : « il n'est
peut-être aucune science dont la *nomenclature* soit
aussi défectueuse que l'est celle de la pathologie, etc. » *Voyez la suite, art. maladies, t.* 30 *du dict.
des sc. médicales en* 60 *v.*, et il termine ainsi : « on
voit, d'après ce court aperçu, qu'aucune règle n'a
été observée dans le choix des noms sous lesquels
on a décrit les maladies, et la nomenclature pathologique ne présente qu'incohérence. Mais elle offre
encore un autre inconvénient plus grave, c'est
que beaucoup de dénominations sont fausses, et
propres, par conséquent, à induire en erreur. »

Oui, Monsieur, elles sont tellement fausses et
ridicules qu'il est impossible que vous et vos confrères puissiez vous entendre à ce sujet, à moins
de vous passer réciproquement la *rhubarbe et le
séné.* Or, pourquoi donc attaquez-vous Hahnemann pour avoir su éviter de tomber dans l'im-
broglio contre lequel vos maîtres, vos oracles jet-

tent les hauts cris? Vraiment vous lui faites une
guerre systématique trop acharnée !

Nous, ses disciples zélés, pensons aussi que la
nomenclature actuelle des maladies est aussi mauvaise et absurde que leur traitement allopathique,
mais nous reconnaissons qu'il serait nécessaire
d'en avoir une bonne, et nous aspirons après le
moment où l'état plus avancé de la science permettra
mettra de la faire.

Si, en faisant la critique de la doctrine homœopathique, vous aviez donné une explication claire
et complette des principes sur lesquels elle est
fondée, principes que vous auriez ensuite com-
battus par le raisonnement appuyé sur des faits
d'observation authentique, cette conduite eût été
loyale et franche : et, alors, confiant le jugement
de la question en litige au bon sens et à l'intelligence de vos lecteurs, je n'aurais pas répondu à
votre écrit. Mais, de cette doctrine, vous avez
faussé le peu que vous en avez dit, et, ce peu vous
l'attaquez par de vaines affirmations dénuées de
preuves et sortant en foule et pêle-mêle de votre
imagination surexcitée, et, veuillez me pardonner
l'expression, par trop vagabonde. Oui, si vagabonde et errante d'une idée à une autre de nature
opposée, que, pour la suivre pas à pas et rectifier
ses écarts, il faudrait écrire tout un livre.

Ainsi, Monsieur, vous étiez organicien il n'y a
pas longtemps, puisque vous disiez que toute ma-

ladie avait toujours pour point de départ, pour
origine, *une lésion de tissu.* Mais ne voilà-t-il pas
qu'à la fin de la page 33 et au commencement de
la suivante vous abandonnez le drapeau de Broussais pour vous refugier à l'ombre du vitalisme
pathologique que nous professons. « Si, en effet,
écrivez-vous, la maladie *était toujours localisée dans
un organe*, d'où ses irradiations fussent réfléchies
sur ceux qui entretiennent avec lui des corréla-
tions sympathiques, il serait toujours facile de reconnaître sa marche et d'apprécier la nature de
ses phénomènes ; mais quelquefois *la vie est me-
nacée dans son ensemble, et la localisation du principe
morbide*, que semble révéler le trouble d'une ou de
plusieurs fonctions, n'est que l'expression de souf-
frances partielles qui varient plus d'une fois pendant le cours d'une même affection pathologique.
Vous combattriez en vain ces symptômes fugitifs de
la maladie, *une seconde localisation succéderait bientôt à la première*, et l'épuisement du malade vous
avertirait trop tard de vos erreurs. » Vous avez
parfaitement raison, Monsieur : « Dans les maladies, *la vie est attaquée dans son ensemble.*» Cette vie,
qui est tout mouvement, toute action incessante ;
qui circule avec le sang dans les viscères pour y
porter la nutrition, et, dans les cordons nerveux,
pour leur donner la sensibilité, entraîne à sa
suite l'agent morbifique, qui lui est attaché, si je
puis m'exprimer ainsi, comme le trait mortel au

flanc de la biche qui fuit à travers la forêt ; *hœret lateri lethalis arundo.* Elle s'efforce de s'en délivrer par des dépôts urinaires, des hémorragies, des vomissements, des diarrhées, des sueurs, des éruptions sur la peau et des congestions dans les organes. Mais comment voudrait-on que la fibre organique, c'est-à-dire la matière qui est en nous, matière inerte, insensible comme tout ce qui n'est que matériel, opérât de pareils mouvements, qu'on nomme localisations morbides ? Est-ce que, par exemple, la nécrose, la carie d'un os, les hypertrophies diverses des tissus, soit verrues, polypes, etc., changent de place, quelquefois instantanément ? Vous savez bien qu'il n'en est rien, et je suis d'autant plus aise de vous voir revenir à la pathologie vitaliste, que cela me donne l'espoir que vous ferez de nouveaux pas vers notre belle doctrine, et qu'à la fin de votre brochure, votre conversion étant sur le point de s'accomplir, nous ne tarderons pas à nous presser la main.

«Parcourez, dites-vous page 37, le *Manuel de Médecine homœopathique* du docteur Jahr, où sont consignés les résultats divers que les médicaments déterminent, et vous trouverez réunis *pêle-mêle* des symptômes si différents, si contradictoires, *qu'il est impossible de les analyser avec méthode, d'en combiner les rapports et les différences, et que la plus patiente intelligence ne peut, dans cette étude, que s'abreuver de dégoûts et d'ennuis.* »

J'en accepte l'aveu, Monsieur ; vous ne savez ni
analyser, ni combiner les symptômes des médicaments, et leur étude est pour vous une source de
dégoûts et d'ennuis.

Le voilà donc connu ce secret plein d'horreur !

Mais ignorez-vous donc *qu'il n'est pas donné à
tout le monde d'aller à Corinthe,* et que ce n'est pas
une raison de se priver de ce voyage, parce que
d'autres ne peuvent pas le faire ? franchement parlant, vous nous traitez comme ce renard qui,
ayant perdu son plus bel ornement, voulait que
ses confrères en fissent le sacrifice.

Ces symptômes sont décrits par le docteur Jahr
dans un ordre méthodique et régulier, selon les
différentes parties du corps sur lesquels ils se sont
manifestés : la tête, les yeux, les oreilles, la
bouche, la poitrine, etc.; donc ils ne le sont pas
pêle-mêle, comme il vous plaît de l'affirmer.

De votre autorité privée, vous niez l'existence
de ces phénomènes médicamenteux, et vous nous
dites implicitement, avec un aplomb merveilleux :
Je n'ai rien vu, mais peu importe, j'affirme que
cela n'existe pas.

Je pourrais, en m'appuyant sur des faits nombreux de texicologie, puisés dans les livres mêmes
des médecins de votre école, vous prouver que les
effets des médicaments sont tels que les ont fait
connaître les expériences homœopathiques ; mais

je serais entraîné trop au-delà des limites que je veux donner à ma réponse, et je préfère la formuler ainsi : de quel poids peut être votre négation, vous qui vous permettez de juger une question qui vous est inconnue, absolument comme les aveugles jugent les couleurs, contre notre affirmation, nous vos égaux en science et en probité, nous juges compétens, pour avoir par de longues études et par la pratique constaté la réalité de ce que vous prétendez ne pas être ?

Si l'homœopathie était une chimère, est-ce que depuis quinze ans et plus que nous la pratiquons nous ne l'aurions pas reconnue et abandonnée comme telle, doués autant que vous que nous sommes de tact médical et d'esprit d'observation ?

N'étions-nous pas en possession de la confiance publique, et de clientèles qui valaient les votres ? N'avons-nous pas prouvé que nous ne vous le cédions pas en instruction dans les sciences allopathiques ? si donc nous avons changé de doctrine, c'est évidemment que, par amour du progrès médical et de l'humanité, nous ne nous sommes pas laissés effrayer, comme vous, par les *ennuis* et les *dégoûts* que vous trouvez attachés à l'étude de l'homœopathie.

Vous énumérez longuement, afin d'ouvrir une large voie à votre incrédulité et à votre hilarité, les symptômes attribués à la silice : le cristal de roche et la pierre à fusil ! comment peut-on pous-

ser la sottise au point d'attribuer des effets virtuels
à des atômes détachés de ces substances inertes,
vous écriez-vous ? Mais vous ne savez donc pas que
la force qui unit ces atômes entre eux a, comme
toutes les autres *forces*, sa virtualité propre, et que,
par la désagrégation de ces atômes au moyen d'une
trituration prolongée, on la met en liberté d'agir ?
L'or métallique, en masse, est inerte, mais le mu-
riate d'or, que votre médecine met souvent en
usage, est un médicament très-violent. Or, pourquoi cette activité dans ce dernier cas ? c'est que,
l'acide muriatique ayant divisé à l'infini les molécules métalliques, *la force* qui les tenait en état de
cohésion est devenue libre de manifester ses propriétés, de même celle appartenant à l'acide. Il
n'existe pas de corps dont on ne puisse opérer l'é-
vaporation et l'anéantissement ; car ce sont les
forces qui dominent dans l'univers, et un savant,
membre de l'institut de France, a dit avec raison
qu'il tiendrait bien dans sa main la quantité de
matières qui entre dans la composition du globe.
Mais passons, et veuillez m'excuser, Monsieur,
car je m'aperçois que je touche à ces questions qui
excitent vos *ennuis* et vos *dégoûts*.

En vérité, j'admire combien vous aimez à faire
du donquichotisme, en prenant à tout moment
pour des géants des aîles de moulin et les farfa-
dets de votre imagination. Où donc avez-vous vu
« qu'il est nécessaire, ainsi que vous le dites

page 44, que la maladie réunisse autant de symptômes que le médicament? » est-ce qu'il en existe
une seule, quelque compliquée qu'elle soit, qui
présente la réunion de huit ou neuf cents phénomènes morbides? Etudiez sérieusement les œuvres
d'Hahnemann, sachez vous inspirer de sa haute et
sage pensée, et vous reconnaîtrez qu'il exige seulement du médicament, pour être spécifique, de
posséder, parmi ses symptômes nombreux, des
symptômes le plus semblables possibles à ceux de
la maladie, à ceux surtout qui la caractérisent le
mieux; et qu'il suffira de quelques-uns de ces
symptômes caractéristiques, choisis parmi ceux du
médicament et ceux de la maladie, pour établir la
concordance entre elle et lui, et obtenir la guérison. Mais, de concordance absolue et générale,
il n'en est pas question, car elle n'est pas possible,
dans l'état actuel de la science, pour les maladies
graves et compliquées.

Tout ce que vous racontez, Monsieur, et les
suppositions auxquelles vous vous livrez dans le
paragraphe de la page 46 prouvent que sainte
Thérèse a dit avec vérité que l'imagination est la
folle de la maison, et votre critique porte encore à
faux. Que parlez-vous donc de médicament venant
ajouter trois cents symptômes à ceux de la maladie? c'est vous qui tombez, hélas! dans le *salmigondis*, non pas celui des remèdes que vous re-
prochez à l'homœopathie, mais des idées creuses.

et des faits imaginaires. D'honneur ! vous aimez trop la lutte contre les aîles de moulin à vent, et le plus sage serait peut-être de vous laisser vous escrimer à volonté, jusqu'à ce que, votre ardeur batailleuse venant à se calmer, vous reconnaissiez que ces prétendus géants ne sont que des êtres fantastiques. Je vous répondrai, toutefois, puisque j'ai commencé.

Il ressort, en toute évidence, des préceptes posés par Hahnemann que, dans les maladies graves et compliquées qui ne peuvent pas être guéries par l'usage d'un seul remède, il faut former un tableau des symptômes les plus saillants, les plus caractéristiques, de ceux qu'on désigne, en un mot, par le titre de pathognomonique, en langage médical. On cherche ensuite quel est le médicament qui, par un ou plusieurs des groupes de ses symptômes, est le plus en rapport de similitude avec ceux de la maladie. Lorsque le médicament a produit son effet, on examine de quels symptômes se compose encore l'état morbide ou pathologique, et on les combat par un autre médicament, toujours choisi conformément aux règles de la loi des semblables; et, ainsi de suite, jusqu'au parfait rétablissement de la santé.

Dans les maladies les plus graves, les plus longues, dans lesquelles le désaccord vital se manifeste par le désordre de toutes les fonctions organiques, telles que les fièvres typhoïdes, il est rare qu'on

ait l'occasion de recourir à l'usage de plus de sept
ou huit médicamens différents. Comment pouvez-
vous alors, Monsieur, sans exciter un cri doulou-
reux de votre conscience, appeler ce mode de
médication un salmigondis ; lorsque surtout dans
votre pratique on vous voit si prodigue de dro-
gues entassées dans des potions offrant un amal-
game de mille goûts détestables ; véritables macé-
doines pharmaceutiques amèrement critiquées par
tous les médecins les plus recommandables de votre
école, qui vous inspirent peu de confiance, mais que
vous continuez cependant d'administrer, ne sachant
par quoi les remplacer. Passe encore si vous aviez
une règle, un principe pour vous guider dans
leur choix et dans leur emploi; mais vous savez
bien qu'en cela tout est laissé à la fantaisie et à
l'arbitraire du praticien; et l'on peut hardiment
vous défier de donner une raison *valable* qui constate leur appropriation à la maladie.

Mais il n'en est pas ainsi en homœopathie; car la
loi de similitude est un guide fidèle qui n'égare
jamais celui qui sait lui faire un appel.

Vous nous demandez page 48 : «comment pouvez-
vous croire que quelques atômes de bryone, d'a-
conit, de belladone, de sumac ou de noir vomique,
qui sont assurément loin de reproduire les symptômes et les lésions organiques que la fièvre typhoïde détermine, puisse guérir homœopathique-
ment cette maladie?» Je pourrais d'abord vous

faire observer que les médicaments que vous venez
de citer ne sont pas, généralement parlant, ceux
qui obtiennent le plus de succès contre le typhus;
mais, laissant de côté cette objection qui prouve,
une fois de plus, combien vous êtes peu expert en
fait de médecine homœopathique, je vous répondrai que je crois à l'action curative des atômes de
bryone, du rhus-toxicodendrum, de l'arsénic, du
china, de l'acide phosphérique etc., parce que l'expérience clinique m'en fournit la preuve chaque
jour. Mais qu'indépendamment de ce témoignage
irrécusable, j'y croirais encore par raison d'analogie entre l'action de ces atômes médicamenteux,
et celle des atômes du miasme du typhus; car la
seule différence qui existe entre l'action de ces
divers atômes médicamenteux et morbifiques,
consiste dans la plus grande virulence de ceux-ci.
Étrange aberration de l'esprit et de la raison ! vous
voulez bien reconnaître qu'une très petite quantité
de strychnine, d'aconit, de nicotine, etc., empoi-
sonnent mortellement; que des atômes, c'est-à-dire
des particules invisibles, impalpables, impondé-
rables, inodores, insapides, de miasmes morbifiques
puissent donner la mort, et vous refusez d'accorder
la plus legère action à des molécules atomistiques
des poisons précités ! » *pouvez-vous croire*, dites-
vous encore, car c'est là votre locution favorite, à
tout moment répétée dans le cours de votre ou-
vrage, sans que vous donniez une seule fois une rai-

son valable pour légitimer l'incrédulité à laquelle
vous faites appel, *pouvez-vous croire que quelques
atômes de bryone, etc., qui sont a. surément loin de reproduire les symptômes et les lésions organiques de la
fièvre typhoïde, etc.* » Oui, Monsieur, nous croyons
parce que nous avons vu ces symptômes se produire
dans les expériences souvent renouvellées de ces
médicaments sur l'homme en santé, et notre
croyance est d'autant plus ferme et légitime que nous
avons vu et que nous voyons le plus souvent la
guérison de la maladie confirmer les rapports
d'analogie qui existent entre ses phénomènes et
ceux des médicaments précités. Les faits authenti-
ques sont là, du reste, et parlent haut en notre
faveur. Ainsi il résulte d'une statistique dressée
par M. le docteur Ch. de Moor, d'Alost, en Belgique,
que sur 703 individus, attaqués d'inflammations
aiguës des poumons et traités allopathiquement
par quelques-uns des plus célèbres médecins de
France, d'Allemagne et d'Italie, 361 succombèrent,
lorsqu'il ne mourut que 33 sur 828 traités par
l'homœopathie pour ces mêmes maladies. La pro-
portion reste dans les mêmes termes relativement
aux guérisons et aux décès, dans le traitement des
fièvres typhoïdes par l'une et l'autre école. Si je ne
vous en rapporte pas la preuve ici, c'est que je veux
autant que possible abréger ma réponse, et que,
d'ailleurs, si vous avez vraiment le désir d'arriver
à la découverte de la vérité, les moyens ne vous

manqueront pas de vous procurer cette preuve par vous-même.

Quand à cette autre objection que les médicaments homœopathiques sont loin de reproduire *les lésions organiques de la fièvre typhoïde;* je vous répondrai que, si les expérimentateurs ont bien voulu, par dévouement à la science, faire l'essai sur eux-mêmes des médicaments, ils n'ont pas dû cependant porter l'abnégation jusqu'au point de compromettre leur existence, en continuant les expériences au-delà des bornes prescrites par la prudence, c'est-à-dire de déterminer des lésions organiques mortelles ; quand, d'ailleurs, la connaissance de leur effet pathogénique sur la force vitale suffit, généralement parlant ; puisque, les lésions organiques, n'étant que des affections secondaires provenant du désaccord vital, on peut ou les prévenir, ou les guérir, en faisant cesser ce désaccord. Si, du reste, vous ne voulez pas m'en croire, écoutez l'un des plus célèbres parmi vos auteurs pratiques : « *les congestions (lésions organiques)* dit **M.** Dubois d'Amiens, dans sa pathologie générale, sont dues à des phénomènes essentiellement vitaux. *Elles sont indépendantes de la quantité plus ou moins grande de sang. La preuve en est en ce qu'elles surviennent, le plus fréquemment, chez les sujets les plus débiles, chez ceux où, en même temps, la quantité de sang est la moins considérable.* » Voilà je l'espère une opinion très explicitement formulée par une autorité que vous ne pouvez recuser, et qui fait crouler tout votre échafaudage de raisonnement péniblement construit.

Mais, puisque l'occasion s'en présente, permettez-moi de vous demander à quoi servent vos saignées contre les *congestions*, si elles sont dues, ce qui n'est pas douteux, à des *phénomènes essentiellement vitaux?* Elles n'ont pour effet que de les aggraver et de les rendre plus fréquentes, puisque elles *surviennent, le plus fréquemment chez les sujets les plus débiles, chez ceux où, en même temps la quantité de sang est la moins considérable.* Imprudent habitant d'une maison de Verre, qui venez maladroitement nous jeter la pierre, vous voyez combien il est facile de briser votre fragile édifice.

« Ce qui est curieux dans l'histoire de l'homœopathie, dites-vous, page 48, c'est que les remèdes qui du temps d'Hahnemann, opéraient merveille avec des fractions de décillionième de grain, *n'agissent plus aujourd'hui à si faible dose.* » Ce qui est curieux, Monsieur, pour me servir de votre expression à défaut d'une autre qui serait plus vraie, c'est l'aplomb avec lequel vous affirmez ce qui n'est pas ; car les médicaments à la fraction d'un décillionième de grain n'ont jamais cessé de répondre au besoin de la médecine, et ce sont encore ceux qu'on met le plus souvent en usage aujourd'hui.

Il faut avouer, Messieurs les allopathes que

votre imagination ne brille ni par la vivacité, ni
par la fécondité ; car, depuis quinze ans, vos critiques, mille fois refutées, ne nous ont pas donné
le délassement d'une seule petite variante. Voici par
exemple, une de ces critiques que vous devez trouver
accablante pour nous, puisque vous êtes pour le
moins le centième de ses spirituels éditeurs. « Le
docteur Pascal Panvini, dites-vous donc, a calculé
que, pour la dilution d'une goutte médicamenteuse à sa trentième atténuation, il fallait autant
d'alcool qu'en pourrait conteni. non-seulement
notre globe terrestre, mais encore, peut-être, toutes
les étoiles de première et de deuxième grandeur
que l'on peut apercevoir par une belle nuit d'été. »
Pauvre docteur, comme il a dû suer sang et eau
pour découvrir cela ! Vous auriez bien dû, Monsieur, nous en faire le calcul, et sans doute vous nous
auriez prouvé que le reste des étoiles, celles que
la faiblesse de nos regards ne nous permet pas de
découvrir, n'auraient pas une capacité suffisante
pour contenir cette énorme sueur. Avec quelle ad-
miration pour vous ne me serai-je pas alors écrié :
faites des calculs, docteur, faites des calculs !

Mais il est vrai toutefois que mon enthousiasme
eût été plus de sentiment que de raison éclairée :
attendu que cette question mathématique est de
nature trop transcendentale pour que mon espri
puisse en saisir ni le rapport, ni la portée ; et
j'avoue que tout en m'inclinant devant la grandeur

de vos chiffres, je n'aurais pas procédé de la même
manière que votre médecin italien pour satisfaire
une curiosité puérile semblable à la sienne, et
voici comme je m'y serais pris, tout naïvement :

Si, me serais-je dit, je mêle une goutte de médicament avec quatre-vingt-dix-neuf gouttes d'alcool,
et que je prenne une goutte de ce mélange, cette
goutte sera formée de la centième partie de la
goutte médicamenteuse. Si je répète trente fois
cette opération, en prenant pour chacune d'elles
une goutte de la précédente dilution pour l'ajouter
à quatre-vingt-dix-neuf nouvelles gouttes d'alcool,
il est certain que les cent gouttes de la trentième
opération, ou dilution, ne contiendront qu'un
décillionième de la goutte médicamenteuse qui
aura été divisée trente fois successivement par
cent ; et il n'est pas moins certain que, si pour
chaque opération j'ai employé quatre-vingt-dix-
neuf gouttes d'alcool, la somme totale sera, pour
les trente dilutions, de 2970 gouttes. Or, Monsieur,
veuillez avoir l'obligeance de vous entendre avec
M. le docteur Panvini pour vérifier ce compte, que
j'ai simplement fait en calculant sur mes doigts,
et me dire s'il faut absolument que je cherche dans
tous les astres du firmament de la place à loger
mes 2970 gouttes d'esprit de vin nécessaires pour
obtenir cent gouttes d'un médicament réduit à
son décillionième degré de division?

A la page 51, c'est le procédé de *l'olfaction* qui

est l'objet de votre critique, et, dans l'espoir sans
doute d'appeler à vous quelques rieurs, vous dites,
sans vérité, « qu'on *passe rapidement et une seule
fois* sous les narines un petit flacon contenant une
dragée, etc. » Ce mode de traitement n'est, généralement parlant, mis en usage qu'autant que le
malade ne peut boire le liquide dans lequel le médicament est contenu ; et, alors, on ne *passe pas
rapidement,* mais on place le flacon de globules où
de teinture médicamenteuse sous ses narines et
on l'engage à faire une forte inspiration. Cette
opération est répétée autant de fois que la médication le réclame, et je peux vous affirmer, Monsieur, que, s'il y a à rire ensuite, ce n'est pas la
plupart du temps pour les incrédules.

Au nombre des contes, des ana, des lazzi sur
l'homœopathie, que vous racontez avec un talent
qui égale presque celui de la princesse Schéhéra-
zarde, *quand elle ne dormait pas,* il en est un, à
propos de ce procédé de l'olfaction, que vous
auriez sans doute compris, si vous ne l'aviez pas
ignoré. Permettez-moi de vous le faire connaître,
afin que vous puissiez en enrichir la prochaine
édition de votre brochure. « Un malade, qui
avait entendu beaucoup vanter Hahnemann, alla
le consulter, sans se douter pourtant de ses nouveaux procédés. Le docteur l'écouta attentivement,
puis alla chercher un petit flacon contenant des
globules blancs, ôta le bouchon et lui dit : Sentez.

Le malade flaira, mais ne sentit rien, et voulut prendre des mains du docteur le flacon pour en avaler le contenu. Ce n'est pas cela, lui dit Hahnemann ; je vous ai déjà administré ce qu'il vous faut ; payez-moi et revenez dans trois semaines. Le malade alors, se croyant mystifié, tira un écu de sa poche, le mit sous le nez du médecin, lui dit : sentez et puis le rempocha en lui disant : Je vous paie comme vous me guérissez.

Vous voyez, Monsieur, avec qu'elle bonne volonté je m'exécute moi-même, en vous donnant l'occasion de rire aux dépens d'un procédé homœopathique. C'est que, si ce que vous racontez en ce genre m'a paru trop mal assaisonné pour y trouver un goût fin et délicat, les historiettes faites à plaisir, et quoiqu'elles attaquent une opinion qui m'est chère, n'en ont pas moins le talent de m'égayer, quand elles sont vraiment plaisantes. Vous voudrez donc bien croire que, si je ris de l'anecdote, il n'en est pas ainsi de l'olfaction des médicaments. Du reste en voici la preuve : le 8 août dernier, une petite fille de six ans, d'un tempérament pléthorique sanguin, n'ayant jamais eu d'autre maladie que le croup, dont je l'avais guérie au moyen de ces RIENS que nous appelons globules *d'aconit-napel, de spongia tosta,* fut prise de congestion cérébrale pour avoir été exposée aux rayons d'un soleil ardent. Rapportée chez son grand père, M. Massier, propriétaire à Torigni,

4

j'observai qu'elle était privée de connaissance ;
que ses yeux, aux pupilles largement dilatées et
non contractiles, étaient convulsés vers le front et
fortement injectés de sang ; que son visage vul-
tueux était d'un rouge violacé ; son pouls fort et
agité ; sa respiration anxieuse et ronflante ; ses
dents serrées les unes contre les autres au point
de ne pouvoir lui faire ouvrir la bouche.

Ce grave état pathologique réclamait, à mon
point de vue de doctrine médicale, l'usage de la
belladone et de *l'hyosciamus-niger ;* mais, ne pouvant
les introduire dans la bouche, je présentai, *risum
teneatis, allopathi !* de temps en temps, alternati-
vement et pendant l'inspiration, deux flacons
contenant des *riens* de ces deux médicaments. Or,
savez-vous ce qu'il advint ? les signes et symptômes
précités cédèrent peu à peu et sans trop de ré-
sistance ; et, comme vous dites que cela se pratique, voilà comment je mystifiai le soleil, d'abord,
qui avait causé le mal ; le cerveau de l'enfant ou
plutôt sa force vitalc qui s'était bénévolement lais-
sée rendre malade, ainsi que vous le faites dire
niaisement à Hahnemann, les parents et les voi-
sins accourus à leurs cris d'alarme. Mais il est
vrai que, par bonheur, vous n'étiez pas là pour
leur faire voir le bout de la ficelle.

La vérité brille d'un tel éclat et possède une
telle puissance de manifestation, que ceux-là
mêmes qui s'ingénient le plus à la méconnaître ou

à la voiler, de temps en temps sont forcés de lui rendre hommage. C'est ainsi , Monsieur, qu'à la page 76 vous dites : « ici c'est un fragment osseux *détaché par la nécrose*, et dont l'extraction s'exécute avec l'unique *secours de la nature.* — Tantôt c'est une tache accidentelle de la cornée, qui trouble ou suspend la vue, et dont *la nature* neutralise les fâcheuses conséquences par le déplacement anormal de la pupille, dont la configuration bizarre permettra le passage de la lumière. — Vous chercherez en vain la médecine dans ces guérisons inespérées ; vous n'y reconnaîtrez que le doigt mystérieux *de la puissance qui nous conduit*, » Je vous fais observer d'abord que la nécrose est la mort d'une partie de l'os causée par la maladie; que ce n'est pas elle qui *détache* cette partie et l'élimine, mais la force vitale médicatrice que vous appelez *nature, puissance qui nous conduit*. C'est elle encore qui produit le déplacement de la pupille dans les cas dont vous parlez. Or , vous confessez implicitement, en vous exprimant ainsi, l'existence de ce principe de vie qui anime et gouverne l'organisation ; car autrement, pour mettre votre langage en harmonie avec votre théorie des propriétés vitales organiques, vous auriez dit : l'os se sépare de sa partie nécrosée et l'élimine ; l'iris se déplace pour former dans un autre point sa pupille anormale, etc.

« Il ne suffit donc pas, poursuivez-vous, que le

remède précède la guérison, pour qu'il faille nécessaire-
ment la rattacher à son influence ; car il est possible
que la *nature* conjure l'orage, et que *l'organisme,*
se soulevant avec énergie, triomphe seul du mal
qu'une médecine fourvoyée dans le dédale des
utopies ne pourrait détruire. » Je ne m'inscrirai
certainement pas, Monsieur, contre cette propo-
sition parfaitement vraie. En effet, le professeur Ali-
bert n'a-t-il pas écrit dans les prolégomènes de ses
éléments de thérapeutique, page 43 : « il est certainement douteux, lorsque le malade échappe à la
mort, si c'est l'art qui l'a sauvé, ou si l'art n'a fait
que seconder les efforts de la nature. Qui sait
même si ce n'est la nature seule qui l'a guéri, et
si les remèdes, imprudemment où mal à propos
administrés, n'ont point retardé la guérison ? »
Mais, ce reproche, il l'adressait à votre médecine, non pas à la notre qui n'était pas encore
connue, et je vais, en m'appuyant sur l'autorité de
vos propres auteurs, vous prouver qu'il était parfaitement mérité,

Ainsi, M. le professeur Bouillard dit, *dans son*
Essai de Philosophie médicale , 3ᵉ partie, chap. 6 ,
art. 1ᵉʳ : » Bichat a très-bien établi que tous les systèmes de la pathologie avaient reflué sur la thérapeutique; et, *comme ces systèmes étaient souvent en-*
tachés de fausseté, la thérapeutique, qui n'en était que
la conséquence et pour ainsi dire la conclusion a dû
être et a été également fausse, c'est-à-dire mauvaise,

nuisible. C'est un grand malheur, sans doute, mais il était inévitable, et il se représentera sans cesse jusqu'au moment ou nous n'aurons que des idées parfaitement justes sur la nature des maladies, à moins toutefois de traiter les maladies sans avoir égard à leur nature, ce qui est aussi absurde qu'impossible. « Il résulte donc de ce passage, que, dans votre école, tous les systèmes du temps passé et ceux d'aujourd'hui sur la nature des maladies et leur traitement ont été plus ou moins faux, mauvais, et nuisibles; qu'il est aussi absurde qu'impossible de traiter les maladies sans avoir égard à leur nature; que vous ignorez quelle est cette nature; que c'est là un grand malheur pour l'humanité. Cependant, Monsieur, vous les traitez tous les jours ces maladies que vous avouez ne pas connaître. Or, veuillez me dire comment votre raison et votre conscience peuvent se trouver satisfaites d'un tel état de choses ?

Mais au moins avez vous de idées justes, positives sur le mode d'action des médicamens dont vous faites usage ? Ce sont encore vos auteurs classiques qui vont répondre pour moi. « Incohérent assemblage d'opinions incohérentes, la thérapeutique est peut-être, de toutes les sciences physiologiques, celle où se peignent le mieux les travers de l'esprit humain. Que dis-je, ce n'est pas une science pour un esprit méthodique, c'est un ensemble informe d'idées inexactes, d'observations souvent puériles;

de moyens illusoires, de formules aussi bizarrement conçues que fastidieusement assemblées. On dit que la pratique de la médecine est rebutante : je dis plus, elle n'est pas, sous certains rapports, digne d'un homme raisonnable , quand on en puise les principes dans la plupart de nos matières médicales. » V. *Bichat. Anat. gén.*, t. 1er, *page* 46. Déjà l'illustre Stahl avait dit, en parlant de la thérapeutique : *« Est-ce qu'une main hardie ne nettoyera pas cette étable d'Augias ? »* Et M. le professeur Rostan s'exprime ainsi sur le même sujet, *p.* 84 *du* 1er *v. de son Cours de méd. :* « Aucune science humaine n'a été et n'est encore infectée de plus de préjugés que celle-là; chaque dénomination de chaque classe de médicaments, chaque formule est pour ainsi dire une erreur. Eloignons nos regards de ces objets pénibles. »

A ces opinions, je pourrais ajouter celle de Sydenham, qui disait que la médecine était plutôt l'art de jaser sur les maladies que celui de les guérir, et de beaucoup d'autres médecins qui font autorité dans la science, pour vous prouver surabondamment que vous ne savez rien sur la nature des maladies, et que vos connaissances sur l'espèce de virtualité propre à chaque médicament que vous employez est un tissu de flagrantes erreurs. Or, dans cette situation profondément ténébreuse, pouvez-vous prétendre que vous voyez clair dans le traitement des maladies ?

Pour sortir de cet impasse, M. le d^r Renouard, dans son *Hist. de la Médec., t.* 2, *p.* 44, reconnaissant qu'il n'y a pas de règle fixe pour le choix des médicaments, et que le traitement des maladies est livré à l'arbitraire et au caprice du médecin, prétend que l'on doit les traiter par les remèdes qui ont été reconnus expérimentalement les plus efficaces; c'est-à-dire qu'il faut s'en rapporter à l'expérience. Mais pour un auteur qui vous affirme un fait, combien n'en trouvez-vous pas qui le nient, ou l'interprètent différemment ? ainsi, l'expérience de Broussais lui disant que la saignée était le meilleur remède contre les maladies, parce qu'elles sont toutes des inflammations, il répandait le sang à grands flots. Celle de M. le professeur Bouillaud lui tient a peu près le même langage; tandis que chez MM. Andral, Chomel, Louis, Laennec, etc., elle parle différemment.

Le précepte de traiter les maladies *ab usu in morbis*, en d'autres termes d'appliquer le traitement, qui a réussi une ou plusieurs fois, à toute maladie qui paraît être semblable, ne peut donc servir de base à la thérapeutique ; et l'on ne peut pas conclure *à posteriori* en faveur de l'efficacité d'un remède, parce que la guérison aura suivi son emploi ; car, dans ces cas, l'axiôme *post hoc, ergo propter hoc* est faux le plus souvent et ne peut qu'induire en erreur. Combien en effet de remèdes pris mal à propos ont été suivis de cures merveilleuses ? « Telle substance ayant réussi à tel malade, *ou plutôt ne l'ayant pas empêché de guérir,* on se croyait en droit de la considérer comme un remède souverain, et, par conséquent, de l'administrer dans tous les cas à peu près analogues. Les insuccès se multipliaient ; mais ils n'allaient pas moins grossir l'amas informe et immense des objets de la thérapeutique. Un malade polonais conçut la fantsisie de manger du lard cru ; le médecin, après quelques difficultés, consentit à le satisfaire, et le malade guérit parfaitement. Dans une autre occasion, ce même médecin, ayant eu une maladie à peu près semblables à traiter, se rappela cette circonstance : en conséquence, il eut recours au même moyen, et administra du lard rance et cru. Le malade mourut. » *V. Dict. des Scienc. méd.,.,47,p.* 364.

Vous voyez donc combien le labyrinthe de la pathologie et de la thérapeutique est inextricable pour vous, et que vous manquez du moindre fil conducteur pour vous aider à y trouver une issue. Si ce qui précède ne suffit pas pour vous en convaincre, un chef célèbre de l'une de vos écoles va vous le dire aussi. « Vous me demandez quel est le véritable criterium pour distinguer la diathèse des maladies? et moi je vous demande, à mon tour, s'il en a jamais existé un seul d'après lequel on puisse à *priori,* diriger avec quelque certitude la méthode de traitement ? » *V. Thomassini, Précis de la nouv. Doct. ital., p.* 133.

Si, donc, manquant de criterium, comme il est prouvé, pour vous diriger dans le traitement des maladies, vous agissez au caprice, au hasard, est-il étonnant que vous ne puissiez pas vous entendre entre vous? « Je me souviens, continue le docteur Thomassini, de m'être souvent trouvé, soit comme simple témoin, soit comme partie intéressée, dans diverses consultations : combien il était difficile de nous accorder sur les bases premières ! quelles oppositions, quelles contradictions qui se manifestaient pour le mode de traitement, pour le choix·des remèdes ! D'un côté l'on voulait purger, délayer, rafraîchir, par conséquent affaiblir: tandis que, de l'autre côté, on disait qu'il fallait corroborer, stimuler, exciter. Ici l'on proposait de recourir à la saignée, à la manne, aux tamarins, aux boissons acidules, ou bien aux pilules de rhubarbe ou d'aloès succotrin, pendant que là on recommandait l'éther, le musc, l'ammoniaque, le vin chaud, l'opium, etc. En vérité, des opinions aussi diamétralement opposées ne pouvaient jamais s'entendre, ou se rapprocher, ou il fallait que l'un des deux consultans cédât entièrement; ou bien, s'ils voulaient tous les deux ordonner quelque chose, les remèdes de l'un détruisaient les effets de ceux de l'autre. »

Vous voilà donc, MM. les allopathes, atteints et convaincus d'ignorer la diathèse des maladies et le mode d'action des médicaments. Il n'est alors pas

étonnant que, dans vos conférences, vous ne puissiez vous mettre d'accord, puisque, dépourvus de
règles et de principes, chacun de vous reçoit l'im-
pulsion de sa fantaisie; et si vous ne prescrivez pas
le lard rance et cru, c'est que, sans doute, vos
malades, ayant le goût plus délicat que les polonais,
ne vous en demandent pas ; car, autrement, vous
n'auriez pas plus de motif pour le leur refuser,
que vous n'en avez pour ordonner tel ou tel devos remèdes. Le médecin polonais ne se conformait-il pas,
en effet, à votre loi thérapeuthique *ab usu in morbis,*
et ne concluait-il pas comme vous d'après l'axiome
post hoc, ergo propter hoc ? Vous avez donc été bien
imprudent en nous jettant une pierre qui ne pou-
vait pas nous atteindre, et qui vous est retombée
lourdement sur la tête.

Mais en est-il ainsi de la doctrime homœopathique? Oh ! non certainement ! grâce aux trois
principes fondamentaux sur lesquels elle repose,
il lui est permis d'établir avec certitude son traitement *à priori*, et de conclure *à posteriori* en faveur
de son efficacité dans les cas de guérison. Ces trois
bases sont, 1°, celle du dynamisme physiologique
et pathologique; 2° du dynamisme médicamenteux,
et 3°, celle de la loi de similitude.

Du Dynamisme Physiologique et Pathologique.

J'ai déjà eu l'honneur de vous le dire, Monsieur,

un principe de vie, primordial pour chaque individu, émanant du père et de la mère, crée l'organisation au moyen des molécules matérielles qu'il
puise dans le sein de celle-ci et qu'il s'approprie
à cet effet. Il s'établit par expansion dans chaque
partie de cette organisation à mesure qu'il l'édifie,
et, lorsqu'elle est devenue capable de résister au
contact des choses du monde extérieur, elle vient
à la naissance, au jour, à la lumière; car, c'est là
que le principe vital qui l'anime trouvera les matériaux nécessaires pour l'évolution complète et le
développement parfait des organes. C'est encore
là que ses sens de la vue, de l'ouïe, de l'odorat, du
goût et du toucher, se mettant en rapports avec
les corps organisés et inorganiques de l'univers, en
recevront des sensations qu'ils transmettront à
l'âme, autre principe immatériel que le corps humain renferme, mais d'une essence plus spirituelle
encore que la force vitale, et ces sensations seront
pour l'âme le moyen de remplir les fonctions de
vie morale et intellectuelle pour lesquelles elle
est destinée.

Pour réparer les pertes que l'organisation fait
à chaque instant par le fait même de ses mouve-
mens vitaux, l'homme a besoin de respirer et de se
nourrir; et son corps étant, en grande partie composé de substances azotées et carbonisées, il est
nécessaire qu'il trouve dans l'air et dans les
aliments dont il fait usage l'azote et le car-

bone. Aussi la nature les a-t-elle fait entrer
largement dans leur composition. Ce principe de
vie élabore ces aliments par le travail de la diges-
tion et il assimile à ses organes tout ce qu'ils
contiennent de principes qui leur soit analogue.
C'est ainsi que la santé et l'existence se maintien-
nent; mais, on le voit, cette appropriation de la
substance nutritive à l'organisation a lieu conformément à la loi de similitude, d'affinité de soi
pour soi, de l'analogue pour l'analogue.

Toutes les particules alibiles que contient
le bol alimentaire, et qui n'ont pas leur semblable parmi les matériaux de l'organisation,
sont rejetées par les sécrétions. Mais, si ces particules alibiles sont douées de propriétés actives,
délétères, opposées aux éléments constitutifs de
l'organisation, non seulement elles ne peuvent
lui être incorporées, mais encore la force vitale,
douloureusement impressionnée par leur action
contraire et hostile, réagit contre elles et s'efforce
de les chasser du corps; et ces efforts de réaction,
qui ne peuvent se faire sans que le rhythme des
fonctions soit dérangé, composent ce qu'on appelle
symptômes dans les maladies. Il est donc évident
que ces symptômes sont l'expression du trouble
de l'harmonie vitale, le cri de douleur de l'organisme indiquant par le tableau varié de ses souf-
frances la nature de l'agent morbifique et aussi
celle du secours dont il a besoin.

La maladie n'est donc primitivement que le désaccord de l'harmonie vitale, et jamais les désordres matériels de l'organisation n'ont lieu que
secondairement, lorsque le principe de vie, engagé
dans sa lutte contre la cause étrangère, opposée,
contraire à sa nature qui est venue l'affecter douloureusement, ne peut vaquer régulièrement à la
conservation des organes dans leur état d'intégrité
normale, et que, d'ailleurs, les mouvements violents
et tumultueux que, dans ses efforts de réaction,
il imprime aux différentes humeurs, sont suffisants
pour altérer leur tissu délicat.

De la Thérapeutique Dynamique.

Mais, s'il est reconnu que la maladie est et ne
peut être que de nature dynamique, il le sera aussi
nécessairement que la thérapeutique doit l'être également ; c'est-à-dire qu'on ne peut remédier au
désaccord vital que par l'emploi de la partie virtuelle, dynamique des médicaments, abstraction
faite de leur substance matérielle; attendu que ce
qui n'est que matière, ne peut agir en cette qualité
sur une force vive, telle que la vie.

On sait que le plus grand nombre des agents morbifiques, et ce sont les plus délétères, existent sous
la forme de miasmes. Ces miasmes, tenus en sus-
pension le plus souvent dans l'atmosphère, sont

d'une ténuité telle qu'aucun moyen d'analyse chimique, aucun instrument d'optique, ne peut servir à constater leur existence qui ne se manifeste que par les maladies qu'ils engendrent. Leur expansibilité est si grande, qu'une fois introduits dans le corps, ils s'y divisent à l'infini, et l'ont bientôt envahi tout entier, pénétrant, au moyen de la circulation sanguine, dans les vaisseaux les plus déliés. Or, ne faut-il pas que le médicament destiné à les détruire soit amené aux mêmes proportions de petitesse et de diffusibilité pour pouvoir parcourir les mêmes voies de l'organisme et les y atteindre? Et les médicaments préparés par l'homœopathie ne sont-ils pas doués de ces qualités à un haut dégré?

Mais, avez-vous dit, il ne reste rien de la substance médicamenteuse dans vos globules.

Mais vous répondrai-je, ce grain de médicament, que j'ai trituré avec du sucre de lait, ne reste-t-il pas mélangé et divisé avec les molécules de ce sucre ; et quelque soit le nombre de fois que j'aie répété l'opération, il ne peut pas s'être envolé ; et par conséquent il en reste quelque chose. Or, ce quelque chose, c'est sa partie virtuelle, active, qui n'a pu être anéantie, attendu, comme nous l'a appris le savant Cuvier, que, si la matière est sujette à la destruction, une force vive n'y peut pas être soumise. Je possède donc, mélangée avec ma poudre de lait, la partie virtuelle sous forme miasmatique

de mon médicament. Or ce miasme médicamen
teux doué, ainsi que tous les autres miasmes, de
propriétés très expansibles, pénètre avec célérité
dans tous les points de l'organisme ; et, s'il y ren-
contre un miasme morbifique avec lequel il soit
en rapport d'analogie, il apaise et enchaîne son
action malfaisante, sans doute en se l'assimilant
par voie d'affinité, et en formant avec lui un composé qui n'a rien de nuisible.

Ces faits d'observation positive sont tellement
opposés à vos idées matérialistes, que vous nè
manquerez pas de m'objecterqu'il n'est pas possible
qu'un atôme de partie virtuelle d'un médicament
produise de tels effets ; et si, dans l'espoir de m'em-
barrasser, vous m'en demandez la raison, je vous
dirai : par cela même que, si un atôme de miasme,
soit typhique, cholérique, ou pestilentiel peut causer la mort, un atôme de miasme médicamenteux
peut aussi opérer la guérison. Dans l'un et l'autre
cas, ce sont des forces vives qui sont mises en
action et opposées les unes aux autres.

Parlons maintenant de la loi de similitude, cette base
fondamentale de la thérapeutique homœopathique.

Je crois, Monsieur, que si vous vouliez bien vous
donner la peine d'observer avec attention les phénomènes de l'univers accessibles à vos sens et d'y réfléchir mûrement, vous reconnaîtriez bientôt qu'ils
sont de deux ordres parfaitement distincts et opposés. Les uns ont pour résultat l'ordre, l'accord,

l'harmonie, la durée et le bien; et les autres le désordre, la perturbation, la destruction et le mal. En
d'autres termes, ils sont en toutes choses l'union,
la paix et le bonheur, d'une part, et de l'autre la
discorde, la guerre et le malheur.

Les premiers se produisent toutes les fois que
les choses similiaires entre elles se trouvent en
contact, en rapport. Ainsi, contemplez ce qui se
passe dans la nature inorganique, et vous verrez
que les molécules matérielles analogues s'attirent
réciproquement et s'unissent entre elles pour former des corps symétriques, aux formes plus ou
moins harmoniques et variées selon qu'un plus
grand nombre d'éléments divers entrent dans leur
composition.

Il en est de même pour les corps organisés, que
pour les corps inorganiques : leurs parties constitutives sont formées chacune de molécules analogues et sympathiques entre elles, si je peux m'exprimer ainsi ; et, pour se nourrir, se développer
et fructifier, elles puisent dans la terre, dans l'air,
dans les eaux les mêmes matériaux que ceux qui
entrent dans la composition de leurs organes.

Dans la vie morale, intellectuelle, les mêmes
phénomènes se produisent en vertu de la même
loi. Les savants se recherchent quand ils sont en
communauté d'idées semblables ; les commerçants
s'associent, lorsque leurs intérêts se ressemblent.
La Jeunesse n'aime que la jeunesse ; l'homme gai

et satisfait de son sort, et dont les jours se passent dans les fêtes et les plaisirs bruyants, n'aime et ne recherche que ceux dont les goûts, les jouissances et la position sont les mêmes ; tandis que celui dont l'âme est en proie à la douleur préfère la société d'un être malheureux comme lui. « Si vous voulez que je pleure, a dit le spirituel Montaigne, commencez par pleurer vous-même. »

Quoiqu'il me fût facile de vous présenter mille et mille autres exemples de ces faits d'harmonie par voie de similitude, je me bornerai à ceux que je viens de citer, qui doivent suffire, sans nul doute, à vous convaincre, pour peu que vous vouliez y réfléchir, qu'une loi unique, providentielle, a donné pour base à l'harmonie universelle l'affinité de l'analogue pour l'analogue, loi que l'homœopathie appelle loi des semblables et dont la découverte est due au génie de l'immortel Hahnemann.

Observez encore ce qui se passe journellement dans les opérations de la chimie, et vous verrez que les particules constitutives des corps se séparent, se désagrègent pour s'unir à des molécules d'autres corps avec lesquelles elles sont plus en rapport d'affinité, et former des corps composés nouveaux présentant des formes et jouissant de propriétés différérentes. C'est ainsi que la force cosmogonique, qui probablement n'est pas autre que le fluide électrique, varie ses productions à

5

l'infini, au moyen des affinités élémentaires par voie de similitude et d'analogie.

Il en est de même pour le règne animal et pour le règne végétal. Si l'animal, si la plante, ai-je déjà dit, n'absorbent que des substances ayant leurs analogues dans la composition de leurs tissus organiques, ces substances servent à leur nutrition, et c'est par elles que leur organisme répare ses pertes, en se les assimilant, et que la vie s'entretient. Mais, si un principe hétérogène quelconque doué d'une grande activité pénètre dans leur organisme, soit avec les aliments, soit par la respiration ou par l'absorption cutannée, ou corticules, cet agent morbifique contraire, opposé, à leur mode de sensibilité et de vitalité, portera le désaccord dans leur rhytme vital, et ce désaccord se manifestera par des phénomènes pathologiques de nature spéciale et caractéristique pour chaque cause particulière qui les aura fait naître. C'est-à-dire que, chaque principe morbide affectant, impressionnant et modifiant l'organisme à sa manière, celui-ci manifeste sa réaction par des symptômes toujours en rapport avec la modalité d'action de cette cause de maladie. Voilà pourquoi toutes les maladies, soit variole, scarlatine, rougeole, typhus, peste, fièvre jaune, choléra asiatique, etc., ont une manière d'être phénoménale appartenant en propre à chacune d'elles.

Mais, d'autre part, Monsieur, il a été mille et

mille fois constaté par l'expérimentation sur
l'homme en santé que chaque médicament, à l'ins-
tar des causes morbifiques, possède aussi sa spé-
cialité d'action, faisant naître des désordres vitaux
qui ressemblent à ceux dont se composent les
maladies naturelles. D'où il résulte pour l'homœopathie la possibilité, en vertu de la loi de similitude, de guérir ces maladies, en leur appliquant une médication agissant' sur l'organisation
d'une manière semblable à celle de leur cause
génératrice.

Mais, me demanderez-vous, comment la guérison s'opère-t-elle? Le fait me suffit, pourrai-je
vous répondre, et je n'ai pas besoin d'en chercher
le pourquoi. Je vous dirai cependant qu'elle me
paraît être le résultat d'une espèce d'assimilation
du miasme morbifique par le miasme médicamenteux en vertu de leur affinité réciproque; assimilation détruisant le vénénosité du premier de ces
miasmes, dont la nature alors s'identifie avec
celle du dernier.

Vous le voyez donc, Monsieur, nous pouvons
toujours établir, au moyen de la loi des semblables et de la connaissance que nous possédons du
mode de virtualité propre à chaque médicament,
notre médication *à priori*, et conclure *à posteriori*
de la guérison par le traitement.

Mais, afin que la question soit parfaitement
élucidée et bien comprise, je citerai, comme

exemple à l'appui de ces propositions, un fait plein d'actualité et dont les tristes péripéties se déroulent journellement sous nos yeux. C'est du choléra-morbus dont je veux parler.

Les symptômes de cette maladie sont, en général, les suivants : faiblesse et lassitude ; vertiges ; pression dans le creux de l'estomac et brûlements ; soif ; renvois suivis de nausées, de vomissements et de diarrhées de matières copieuses, inodores, séreuses, semblables à de l'eau de riz, et mêlées de flocons blancs. Les forces du malade tombent alors à vue d'œil ; il éprouve des douleurs tractives, ou crampoïdes dans les molets ; de l'engourdissement, du fourmillement dans les doigts ; les yeux deviennent ternes, troubles, caves et entourés d'un cercle bleu ; la face est pâle, froide, bleuâtre et couverte d'une sueur froide ; le nez est d'un froid glacial, de même que la langue et l'intérieur de la bouche ; le creux de l'estomac et le ventre sont très sensibles au toucher et le siège de douleurs crampoïdes très violentes, comme aussi de gargouillements ; les urines sont supprimées ; la voix est enrouée, ou rauque, ou manque entièrement. Le pouls est filiforme, ou tout à fait éteint ; les extremités sont glacées et bleuâtres, etc. Or, Monsieur, si, après avoir reconnu que ce sont bien là les principaux symptômes du choléra, vous daignez examiner la pathogénies du *veratrum-album* expérimenté par Hahnemann, vous y trouve-

rez, exprimés les mêmes phénomènes morbides;
et alors, la similitude entre les effets du miasme
générateur de la maladie et le mode d'action du médicament ne sera plus douteuse pour vous, si toutefois ce n'est pas un parti pris chez vous de ne
vouloir rien voir, ni rien entendre qui soit en faveur de l'homœopathie ; et vous comprendrez
comment l'honorable docteur Chargé, de Marseille,
a pu être parfaitement autorisé, par les faits de
sa pratique, à publier qu'au moyen du remède pré-
cité, il a guéri l'immense majorité des nombreux
cholériques qu'il a traités.

Je n'irai pas plus loin, Monsieur, dans l'examen
critique de votre brochure ; car je constate dans
chaque page des erreurs si nombreuses et si
étranges, non-seulement au point de vue de l'homœopathie, mais encore à celui de la médecine
vulgaire, que je n'en finirais pas de les redresser.
Je vous laisserai donc charmer vos loisirs entre le
vieux Parosilver, son enfant braillard, et son médecin à la crécelle, en vous faisant observer, toutefois, que je ne comprends nullement l'à-propos
de votre longue et peu récréative anecdote ; attendu que l'homœopathie, n'employant jamais
d'emplâtres, elle n'a rien à voir dans la couche
d'argile dont le médecin Patagon, (dont, hélas !
vous avez oublié de nous apprendre le nom inté-
ressant) couvrait le marmot depuis les pieds jusqu'à la tête. Gardez donc pour vous la recette :

elle pourra figurer honorablement à côté de celles
dont vos codex sont remplis, et du fameux emplâ-
tre *Diabolanum,* dont vous négligez les vieux et
excellents services, ingrats que vous êtes !

Mais, puisque vous êtes allé jusqu'en Patagonie
chercher de l'esprit et des histoires dans l'espé-
rance déçue d'amuser à nos dépends, en nous
assimilant à de prétendus sorciers, à des jon-
gleurs, et le public à une réunion d'imbeciles et
d'ignorants, pourquoi donc ne me mettrais-je pas
au diapason de votre gaîté facétieuse? C'est peu
digne, j'en conviens, du sujet que nous traitons,
et je m'étais bien promis de ne pas quitter le ton
sérieux ; mais votre exemple me gagne, et, ma
foi, vogue la galère !

Donc, un de mes amis, touriste infatigable, a
beaucoup connu, dans un récent voyage en Vala-
chie, où son patriotisme l'avait conduit pour as-
sister aux exploits de notre brave armée, certain
docteur du nom *d'Allopalhos,* dont il s'est amusé
à exposer en prose rimée le système médical. Le
poème étant un peu long, vous me permettrez de
passer les premiers chants, et d'arriver de suite à
l'endroit où le héros déclare qu'il en sait assez,
et qu'il n'ouvrira plus un seul livre à l'avenir.

> Eh ! quoi ! dit-il, j'irais me mettre à la torture,
> L'esprit matin et soir, pâlir sur la lecture
> De cent auteurs bavards, entre eux en désaccord !
> Vous ne m'y prendrez pas, Messieurs de Blackesfort.

N'avais-je pas, d'ailleurs, ce qu'il faut de science,
Lorsque du doctorat je conquis la licence ?
N'ai-je pas le talent d'un bon patricien,
Puisqu'un défunt jamais ne m'a reproché rien ?
Des colonnes d'Hercule ayant atteint la plage,
Je n'irai pas chercher un plus lointain rivage ;
Et de nos vieux classiques arborant le drapeau,
Je repousse à jamais tout système nouveau.

Ne lui parléz donc pas de votre docteur Hermann qui, à ce qu'il paraît, a trouvé le secret de vous charmer, en prétendant que la petite vérole et sa grande sœur l Américaine n'ont pour raison d'être que les billevésées de l'imagination ; car il vous répondrait qu'il s'en tient à ce qu'il a appris de son maître ; et, remarquez le bien, je ne dis pas ses maîtres, attendu que, s'il en avait eu plu-plusieurs, il les eût trouvés tellement en désac-cord, qu'il n'aurait su auquel entendre, et que, par conséquent, il n'aurait pas eu cette foi robuste qui, dans la science, le place à l'état de borne inamovible.

Il s'est permis, cependant, d'avoir une idée à lui seul, qui consiste à croire qu'en pathologie les noms sont une erreur, et que tout se résume dans le mot *maladie*, puisque le même traitement, ou à peu près, est appliqué dans tous les cas. Voici, du reste, comment il expose et justifie son système.

Qu'est-ce que c'est, dit-il, qu'on appelle névrose ?
L'acné, le pemphigus et l'emprosthotonos,

Cette variété de l'affreux tétanos?

L'arthrite qu'on divise en podagre, en chiragre,

Soit aigue ou chronique et même en la gonagre?

L'eczéma, l'ecthyma, le spina-ventosa,

L'esséra, l'hydroa, l'herpès, le rupia?

La gastromalacie et la cheylocace?

Le pithyriasis et coxarthrocace?

La blepharophthalmie et mille autres grands mots

Synonimes du mot hellénique *pathos?*

L'éléphantiasis et cystoplégie.....?

Qu'est-ce tout cela, si ce n'est *maladie?*

Le même mal au fond sous des noms différents,

Que l'on combat à tort par divers traitements;

Car un seul lui suffit. A toutes les salades

On met huile et vinaigre, et du pain aux panades. .

Sans lièvre pourrait-on apprêter un civet?

Aucun macaroni ne saurait être fait,

Si l'on n'a du fromage; un coulis de ciboule

Exige de l'ognon!, pourrait-on mettre au moule

Un nouga sans amande? Il vous faut du persil

Pour une persillade. Ainsi donc, poursuit-il :

De même que l'on voit l'artiste culinaire

Assaisonner toujours de la même manière

Une sauce-robert, l'habile médecin,

Désireux d'obtenir un triomphe certain,

Vous tient en son mépris, remèdes à la mode.

Pour combattre le mal il n'a qu'une méthode,

Invariable et fixe, à laquelle toujours

Il s'adresse en dépit des plus méchants discours,

OEuvre de jalousie. Il saigne, il purge, il saigne,

Comme Diafoirius, ou Sangrado l'enseigne,

L'un pour chasser la bile, et, l'autre, le sang chaud.

Il fait rendre par bas, ce qui, pris par en haut,

Dérangea la santé : de la loi des *contraires*

Suivant ainsi le vœu. C'est alors que clystères,
Laxatifs, purgatifs, anodins, stimulants,
Sont donnés coup sur coup, autant que de céans
N'aura pas déguerpi l'humeur crasse et peccante,
Cause de tout le mal. Mais, voyez la méchante !
Souvent elle résiste et dit : Je reste là !
Ah ! dit *Allopathos*, nous allons voir cela.
Il saigne de nouveau, il purge, il clystérise ;
Il recommence encore et la moutarde est mise,
Pour faire son *vatout*. Ah ! quels cris déchirants !
Mais le combat finit faute de combattants.....

Je veux vous faire grâce d'une longue discussion
qui s'engage entre l'auteur et la critique, qui prétend qu'Allopathos est un empyrique du genre de
ceux que Molière a mis sur la scène ; mais on lui
répond fort bien.

Critique vous errez. Sur l'étiologie
De chaque affection il a sa théorie ;
Et jamais d'un remède il ne prescrit l'emploi,
Sans pouvoir à l'avance expliquer le pourquoi.
Ah ! de clarté vraiment elle est une merveille !
Je vais vous l'exposer, prêtez-moi bien l'oreille.
« Sachez que deux humeurs dans l'organisme humain
Exercent à la fois l'empire souverain :
Le sang impétueux, la bile colérique.
L'un pour l'autre souvent d'humeur peu pacifique,
Pour une bagatelle ils sont en désaccord
Et se livrent entre eux une bataille à mort.
Cette bataille là se nomme maladie.
Chacun des deux rivaux, très-fort en stratégie,
Varie à l'infini ses mouvements divers,
Frappant d'estoc, de taille, à l'endroit, à l'envers ;

> Ce qui fait que jamais ces luttes effroyables
> Ne se montrent d'aspect, ni de forme semblables.
> De cette différence est née cette erreur
> Qui fit penser et croire à maint et maint auteur,
> Que tant de mots cruels qui troublent l'existence
> Diffèrent tous entre eux par le mode et l'essence,
> Et qu'il faut à chacun un spécial traitement.
> Non, dit Allopathos, c'est la bile et le sang
> Qui font ces méchants tours, etc. »

Et ma foi ! il prouve par des arguments *très-rationnels,* que je vous rapporterais ici, s'ils n'étaient un peu trop longs, que le meilleur et le seul moyen de faire cesser le combat de la bile et du sang, c'est de les chasser du corps l'un et l'autre.

> Alors Allopathos le regard irrité ;
> Le clyssoir d'une main, de l'autre la lancette,
> Apostrophant le sang, lui dit : Mauvaise tête,
> Pourquoi, par ce fracas, troubles-tu la maison ?
> Il saigne, et, tout honteux, s'enfuit le fanfaron.
> Et toi, bile au teint vert que la rage transporte,
> Je t'ordonne à l'instant de passer à la porte,
> Au nom de l'ipéca, du jalap, du séné.
> *Seignare, purgare et clysterisare.*

Il est vrai que deux siècles au moins se sont écoulés depuis que Molière a donné le même précepte ; mais comme il est prouvé qu'Allopathos n'a jamais lu ses ouvrages, il en résulte qu'il ne peut pas être accusé de plagiat, et que dans cette circonstance deux grands génies se sont rencontrés dans la même pensée. Ce qui suit, du reste, appartient tout-à-fait à notre héros.

> La lutte est quelquefois tellement acharnée
> Que la lancette aiguë, ni la purgation
> Ne peuvent parvenir à mettre à la raison
> Les deux fiers combattants. Mais, en docteur habile,
> Maître *Allopathos* sort de ce pas difficile,
> Par un sien procédé, qu'il nomme aspersion,
> Pour lequel il a pris brevet d'invention.
> Il fait boire à longs traits rasades sur rasades
> La tisane à la gomme, orgeat et limonades,
> La décoction d'orge et l'eau de salsifis,
> Dont le total pourrait submerger le pays.

Pour le coup la critique se fâche, et prétend que l'auteur veut mystifier son lecteur en lui racontant une chose impossible ; et j'avoue que je serais un peu de cet avis, si la pratique d'Allopathos ne se trouvait pas justifiée par les vers suivants :

> , Nullement, je vous prie
> De vouloir m'écouter, et vous saurez pourquoi
> Tout ce déluge d'eau qui vous met en émoi.
> Et, ce qui vous semble être un grossier empyrisme,
> Va devenir soudain le rationalisme
> Le plus ingénieux : Ne vous souvient-il plus
> D'avoir vu deux mâtins l'un par l'autre mordus,
> Se tenir au gosier, sans vouloir lâcher prise,
> A moins qu'à larges flots d'eau froide on les baptise ?
> Eh ! bien ! voilà pourquoi cet aqueux traitement
> Fait cesser le combat de la bile et du sang.

Croiriez-vous, Monsieur, que la critique au lieu

d'applaudir à cette explication si simple et si lumi-
neuse, et de confesser franchement sa défaite, ré-
plique avec humeur, mais

> A quoi sert la moutarde,
> Qui brûle jusque aux os les pieds et les molets ?
> Vous allez le savoir : si l'aspersion tarde
> Entre le sang, la bile à rétablir la paix,
> Sur un point du logis cher à chaque adversaire,
> Le synapisme opère une diversion,
> Qui les force à fuir leur homicide guerre,
> Pour voler au secours de l'habitation.
> Ainsi des deux mâtins que j'ai pris pour exemple :
> Si, pendant qu'avec rage ils combattent ensemble,
> Vous faites appliquer, soit un charbon ardent,
> Soit une pince en fer par la chaleur rougie,
> Sur cette gracieuse et flexible partie,
> Qui sans cesse chez eux ondule en serpentant,
> Perdant tout aussitôt leur humeur querelleuse,
> Vous verrez s'envoler leur ardeur belliqueuse,
> Et chacun, de douleur poussant un hurlement,
> Pour conserver sa queue au loin fuir en courant.

Ne trouvez-vous pas comme moi, Monsieur,
que cette théorie de la révulsion est admirable
de perfection et de vérité ?

Je vous dirai, en confidence, que mon ami est tour-
menté du désir de livrer à la publicité son poème, qu'il
a intitulé *Allopathopathos,* et qu'il est retenu par la
crainte qu'il n'en soit pas digne. Hélas! je suis d'une
nature trop prosaïque pour pouvoir être juge en
pareil cas ! Mais vous, Monsieur, qui allez quel-

quefois vous reposer mollement sur les bords
fleuris de l'hypocrême, et boire à longs traits son
onde parfumée qui vous inspire ces vers délicieux
que votre brochure nous a révélés, ne pourriez-
vous pas lui donner le conseil et, surtout, l'en-
couragement qu'il brûle d'obtenir?

Vous l'avez dit avec vérité, Monsieur : un abîme
immense, infranchissable sépare l'homœopathie de
la médecine officielle ; et, de ses bords escarpés,
il ne leur sera jamais possible de se donner la
main. Chacune d'elles restera donc dans son camp,
jusqu'au jour qui, éclairant le triomphe de l'une
entendra sonner le glas funèbre de sa rivale. Mais
à laquelle des deux la victoire est-elle donc réser-
vés? Hélas! l'allopathie est bien vieille, bien dé-
crépite, bien impotente, tant ces propres enfants
se sont plus à la scalper et à la stigmatiser. Comment
alors pourrait-il lui rester longtemps à vivre? Il
est vrai que ceux-là qui lui ont fait le plus de bles-
sures se repentent, sachant bien que la même
tombe doit se refermer sur eux avec elle ; aussi,
s'efforcent-ils de la glorifier et de la réhabiliter,
dans l'espoir de lui rendre quelque peu de chaleur
vitale, mais il est trop tard.

Vous vous extasiez sur l'opposition que font à
l'homœopathie professeurs et académiciens, ces
princes d'une science agonisante sur laquelle l'ou-
bli aura bientôt passé. Mais remarquez donc que
cette opposition est une nécessité même de leur

position; car si leur école tombe, elle les entraîne
forcément dans sa chute ; et c'est en vain que vous
diriez qu'ils pourraient se rallier à la nouvelle
doctrine : fatigués déjà par de longs travaux, ils
manquent d'ardeur pour de nouvelles études. Ne
serait-ce pas d'ailleurs confesser l'inanité de leur
passé scientifique, et descendu du rang élevé qu'ils
occupent, pour aller s'asseoir humblement sur les
derniers bancs de la doctrine d'Hahnemann. Non,
Monsieur, quelque soit leur honorabilité de caractère, quelque soit leur amour du progrès médical,
ce qui existe en eux d'intérêt personnel s'opposera
toujours à ce suicide moral, à ce sacrifice volon-
taire de leur haute position sociale.

Ils combattront donc jusqu'à la dernière heure,
ayant pour auxiliaires les médecins qui, par pa-
resse d'intelligence, ont pour habitude de ne rien
voir par eux-mêmes, de ne rien examiner à fond
et de s'en rapporter à la parole du maître. C'est
un malheur qui ralentira, sans doute, la marche
triomphale de l'homœopathie, mais qui ne l'ar-
rêtera pas cependant ; et nous ne nous en plain-
drions pas, par respect pour le libre arbitre de
chacun, si les armes dont on se sert contre nous
étaient loyales, vraies et courtoises comme elles
devraient l'être. Malheureusement il n'en est pas
ainsi, car ce que vous racontez dans les pages de
votre brochure, depuis la 70ᵉ jusqu'à la 75ᵉ, prouve
qu'elles sont de la nature de celles familières à

Bazile, et dont il disait qu'il en restait quelque chose.

Mais tous ces efforts seront vains. Vous le savez si bien, Messieurs, que votre colère en redouble, et aussi la violence de vos attaques. Je n'en veux pour preuve que ce cri de détresse, ce coup de canon d'alarme du journal *l'Union Médicale du* 5 *février* 1853 : « Mes chers confrères, l'homœopathie gagne du terrain ; le flot monte, monte à vue d'œil. La voilà, dit-on, avec la jeune et belle impératrice entrée dans le palais de César. De temps en temps, nos sociétés médicales voient s'éloigner de leur giron des membres jusques-là fidèles. Le mois dernier encore une de ces sociétés a été affligée par une lettre de démission *basée sur une désertion vers l'homœopathie,* et adressée par un confrère *qui avait donné des gages à la science sérieuse. Où allons-nous ? où allons-nous ?»*

Eh ! mon Dieu ! M. Amédée Latour, votre barque s'en va à la dérive, et touche presqu'au rocher qui doit la briser en éclats, tandis que la nôtre vole à pleines voiles vers le port. Amarrez-vous donc bien vite à nous, si vous voulez éviter le naufrage.

Encore un mot, Monsieur, malgré tout mon désir d'en finir avec une polémique sans attrait pour moi, car elle a pour objet des questions de doctrine qui ont été souvent controversées et toujours jugées contre vous : La vieille école, dites-vous p. 99, marche depuis trois mille ans avec la majes-

tueuse gravité de la science, avec l'autorité du jugement et la sanction du temps. » Voilà, certes, de
fort belles paroles, et il est vraiment fâcheux qu'elles ne soient pas en harmonie avec la réalité des
faits. Aussi ne me laisserai-je pas séduire par la
pompe et la prétention orgueilleuse du langage et
je vous demanderai de quelle école vous entendez
parler? est-ce de celle d'Hippocrate ou de Galien?
de celle des Grecs ou des Arabes? de celle de Pa-
racelse ou de Van-Helmont? de celle de Sylvius ou
de Fernel? de celle de Boerrhaave ou de Sydenham?
de celle de Cullen, ou de Sauvages? de celle de
Pinel ou de Broussais; car vous
n'ignorez sans doute pas que, s'étant combattues à
outrance et supplantées les unes les autres, elles
n'ont pu *marcher majestueusement pendant trois mille*
ans avec l'autorité du jugement et la sanction du temps.
Pendant ces trois mille ans la pratique des médecins a varié au gré capricieux de tous ces systèmes
qui se sont succédés tour à tour, et il faudrait
enfin nous dire à la majesté duquel vous vous
êtes attaché définitivement. Est-ce à l'hypo-
thèse du froid et du chaud, du sec et de l'humide?
de la bile et de la pituite? de l'atrabile et du sang?
du *strictum* et du *laxum*? du pneuma et des ar-
chées? des acides et des sels? du spasme et de la
réaction? de l'état sthénique et de l'état asthenique?
de l'irritation des solides et de l'intoxication des humeurs? *l'autorité du jugement et la sanction du temps!...*

Hélas!Monsieur,letempsacondamné avecraisontou-
tes ces vieilleries scientifiques, déplorables abus de
l'esprit hypothétique, de même que les remèdes éva-
cuants, relachants, astringents, dissolvants,incras-
sants, sédatifs, anti-spasmodiques, dépurants, anti-
phlogistiques, carminatifs, etc., dont ils étaient la
conséquence, et dont le cortège, quoique vous disiez, ne donne pas plus de gravité que de majesté à
l'école allopathique.

En terminant l'examen de votre brochure, je vois
avec plaisir, Monsieur, que vous faites agréable-
ment des vers. C'est très bien : Apollon comme
Dieu de la médecine et de la poésie a droit à ce
double culte, et plus favorisé que moi, vous pouvez brûler votre encens sur chacun de ses autels :
car,

> Je n'ai reçu du ciel l'influence secrète,
> Et mon astre en naissant ne m'a pas fait poète.
> Dans mon génie étroit je suis toujours captif ;
> Pour moi Phœbus est sourd et Pégase est rétif.

Je me serais donc trouvé dans l'impuissance de
vous répondre dans votre langage harmonieux,
si l'un de mes amis, l'auteur d'*Allopathopathos*, prenant en pitié ma détresse, ne m'avait soufflé dans
l'oreille l'improvisation suivante :

> Avec un air qui veut être malin,
> Vous dites qu'il reste rien
> De nos prétendus spécifiques
> Dans ces grains homœopathiques

Dont vous parlez avec dédain ;
Mais votre erreur est sans séconde.
Si quelque chose assurément.
Se trouve réduit à néant,
Ah ! docteur, c'est votre faconde.

Veuillez croire, Monsieur, à mes vœux sincères pour votre conversion, et permettez-moi de l'espérer, quelque endurci dans le péché que vous paraissiez être.

DESCHAMPS,

D.-M., Membre de la Société gallicane de Médecine Homœop. de Paris.

Torigni-sur-Vire, 24 septembre 1854.

St-Lô, imp. et libr. de LETREGUILLY.

St-Lo, imprimerie et librairie de Letreguilly.

www.ingramcontent.com/pod-product-compliance
Lightning Source LLC
Chambersburg PA
CBHW060455260626
47161CB00005B/2112